Passion et Dévotion

Micheline Sauriol

Passion et Dévotion

© 2014 Micheline Sauriol
Edition : BoD - Books on Demand
12/14 rond-point des Champs Elysées
75008 Paris
Imprimé par BoD – Books on Demand, Norderstedt, Allemagne
ISBN : 9782322028573
Dépôt légal : juillet 2014

Remerciements

J'aimerais exprimer ma gratitude à Jean-Marie Lelièvre, avec qui j'ai beaucoup appris et dont les encouragements m'ont donné confiance.

Ma vive appréciation va à Gervaise Boucher, Madeleine Legault, Sylvie Rousseau-Kohlberg et Michèle Wilhelm, pour leur lecture attentive du manuscrit et leurs remarques judicieuses.

Enfin, je voue toute ma reconnaissance à mon mari et à mon fils, Jean-François Benoist, pour leur soutien indéfectible et leurs précieux conseils.

« Il existe une pulsion presque irrésistible à s'unir avec l'énergie opposée ou l'autre polarité. Cette pulsion physique est d'origine spirituelle. »

Eckhart Tolle

Table des matières

Prologue	11
Danse	13
Nouvelles voies	23
Du neuf avec du vieux	29
Retrouvailles	34
L'improbable	42
Célébration	46
Sans lui	56
L'amour qu'on veut avoir…	64
A bras ouverts	71
Coup de pouce du destin	75
J'y vais	83
Apprivoisements	87
Peurs et audaces	96
Conflits	103
Pas question	112
On remet ça	121
La voyante	126

Initiation	130
Comme par le courant d'une rivière	138
Ma colère et moi	142
Moment de béatitude	147
Pour de bon	150
En bonne compagnie	153
Le soutien arrivait par la poste	155
Energie universelle	159
Chanter le divin	163
La robe de mariée	167
La danse continue	171

Prologue

J'avais dix-neuf ans. Une copine du collège de filles où j'étudiais nous a offert de nous lire dans les lignes de la main. Je me demandais si elle savait bien le faire. J'ai quand même accepté, avec un mélange de scepticisme et de fascination. Elle a dû me dire plusieurs choses ; la seule dont je me souvienne, c'est qu'à la quarantaine, il y aurait un changement dans ma vie, de nature spirituelle.

Sa prédiction s'est réalisée. Après le cap des quarante ans, des chemins se sont ouverts à moi qui m'ont amenée à m'éveiller au sens profond de l'existence. Ce qu'elle n'a pas dit, je crois, c'est que je rencontrerais un homme avec qui je vivrais une relation passionnée, et que nous réussirions à surmonter de grandes difficultés pour être ensemble.

Ces tournants inattendus que ma vie a pris, je veux les raconter et exprimer mon émerveillement devant les voies mystérieuses du destin.

Danse

Ça s'est passé à Lund, en Suède, en plein mois d'août, pendant un congrès international qui réunissait plus de mille participants. Une rencontre, qui allait changer ma vie.

C'était un congrès en linguistique appliquée, qui avait lieu tous les trois ans. J'avais participé au précédent, à Montréal. En assistant aux exposés je m'étais dit que nous aussi, du Ministère de l'immigration, nous pourrions faire part du travail que nous faisions auprès des immigrants adultes qui apprenaient le français.

J'avais soumis une proposition de communication, elle avait été acceptée. Le Ministère défrayait le voyage. J'étais fière de représenter le Québec.

Le congrès durait cinq jours. Les présentations étaient intéressantes, les choix parfois difficiles entre plusieurs communications. Je m'efforçais d'assister à celles qui étaient pertinentes pour nous.

J'avais aussi une arrière-pensée, un espoir : peut-être, sait-on jamais, ferais-je la connaissance de quelqu'un ?

Je cultivais le rêve, tenace, de connaître un homme avec qui je pourrais refaire ma vie, réussir ce qui n'avait pas marché la première fois, avoir un compagnon avec qui je serais heureuse. Je cherchais déjà depuis quelques années, je m'étais même inscrite à un club de rencontre. J'avais effectivement connu des hommes, mais ce n'était jamais le bon.

On était vendredi, le dernier jour du congrès. Ça n'avait pas marché, je n'avais pas fait de rencontre. J'avais passé mon temps libre avec un collègue de Montréal et avec Nicole, une ancienne compagne de cours retrouvée avec plaisir.

Le soir, Nicole m'a proposé de dîner chez une amie à elle, une Suédoise, qui nous servirait le plat traditionnel du 15 août, des écrevisses. J'étais très contente, j'aimais bien connaître les coutumes du pays. On a eu un souper agréable, on a beaucoup décortiqué de petites crevettes, et on les a mangées avec appétit. L'amie nous a parlé de la tradition qu'on fêtait, elle a raconté que les écrevisses venaient de Suède, à l'origine, maintenant elles étaient importées de Turquie. Après le repas, je voulais aller à la soirée de clôture, il y aurait de la danse. Elles, elles ne voulaient pas y aller.

J'aime danser, glisser sur un parquet de danse en harmonie avec la musique. Quand j'avais vingt ans, j'allais au Centre espagnol à Montréal, il y avait de bons danseurs, je m'en donnais à cœur-joie.

En arrivant à la soirée, j'ai vite jugé la situation : beaucoup de longues tables où il y avait des gens assis, surtout des femmes. Si j'allais me placer là personne ne viendrait me chercher. D'ailleurs je n'aurais pas su avec qui m'asseoir, je connaissais peu de gens. Je me suis plantée au bord de la piste de danse, je pensais que là j'aurais plus de chance.

Après quelques minutes un homme est venu m'inviter, un linguiste connu que j'avais vu sur les tribunes. J'étais flattée, et contente que ma stratégie ait marché. On a commencé à danser, un peu maladroitement. Une femme qui dansait à côté de nous s'est mise à parler à mon compagnon, ils ont échangé quelques phrases, et puis quelqu'un, je crois bien que c'était moi, a suggéré qu'on change de partenaire pour qu'ils puissent continuer leur conversation.

Le contact a été tout de suite agréable, pas maladroit du tout. Il était un peu plus grand que moi, avait un visage aux traits pleins, le front haut, de grands yeux bleus, les cheveux châtains, une barbe et une moustache. Je me sentais bien dans ses bras. Il me tenait avec assurance, près de lui, presque ventre contre ventre, je n'avais pas de mal à le suivre. Il m'a demandé mon nom, le prénom et le nom de famille, et il s'est mis à les répéter, comme pour s'en pénétrer. Il avait une belle voix grave.

On a continué à danser, c'était facile, je n'avais qu'à me laisser guider. Du coin de l'œil, j'ai vu le collègue avec qui j'avais passé du temps pendant le congrès. Les bras croisés, appuyé à une colonne, il avait l'air d'attendre. On n'avait pas rendez-vous, mais je savais que c'était moi qu'il attendait. Puis je n'ai plus fait attention à lui. J'ai goûté l'harmonie des mouvements de mon partenaire. Quand un air de danse finissait, on restait debout, sans se détacher, jusqu'à ce que la musique recommence. Une force subtile nous tenait ensemble.

Puis tout à coup, les musiciens ont cessé de jouer. Il était à peine onze heures. Les soirées finissaient tôt en Suède. Il fallait bien arrêter. On s'est retrouvés debout l'un devant l'autre, le charme rompu. Christoph, c'était son nom, m'a demandé de l'attendre, il devait parler à des amis, il allait revenir. Je suis restée là, déconcertée, pendant quelques minutes, et puis je me suis trouvée bête d'attendre comme ça quelqu'un que je ne connaissais pas. Je suis allée retrouver mon collègue, on est rentrés en marchant lentement dans la nuit tiède.

Le lendemain matin, quand j'ai retrouvé Nicole, je me sentais toute drôle. Je me disais que je n'aurais pas dû partir la veille. Ce n'était pas seulement une pensée, c'était une sensation au creux de l'estomac, comme ce que je ressens quand j'ai fait une bêtise. En marchant avec elle pour aller à la gare, je lui en ai parlé, dans l'espoir de soulager mon malaise, mais ça ne m'a pas vraiment aidée. L'émotion ne me quittait pas.

On est allées se renseigner sur une excursion. Nicole avait entendu parler de la ville d'Ystadt, elle suggérait qu'on y aille le lendemain. On a constaté qu'on avait besoin de nos passeports. Il fallait retourner à l'hôtel les chercher. Plutôt que d'aller à pied on a décidé de prendre l'autobus.

A l'arrêt de l'autobus, il attendait là, mon danseur de la veille. On s'est regardés, sidérés. Il avait la bouche ouverte d'étonnement, comme s'il n'en croyait pas ses yeux. Nicole a compris tout de suite. Quand l'autobus est arrivé, elle a dit :

- « *Je crois qu'il voudrait être avec toi. Je vais m'asseoir toute seule dans l'autobus.* »

On s'est mis l'un à côté de l'autre. Il a pris ma main, comme si c'était la chose la plus naturelle du monde. J'ai aimé le contact de sa main chaude.

En arrivant à l'hôtel, il m'a demandé combien de temps je restais encore à Lund. J'avais prévu jusqu'au lundi matin. Lui, il devait repartir cet après-midi-là. Sur le champ il a décidé de rester jusqu'au lendemain et il est allé informer son collègue avec qui il avait prévu une séance de travail dans l'avion.

Comme il devait quitter sa chambre, il m'a demandé si je viendrais avec lui pendant qu'il finirait ses bagages. J'ai accepté. Assise dans un fauteuil à haut dossier, typiquement scandinave, je le regardais aller et venir, mettre des choses dans sa valise. Je pensais, je ne vais quand même pas faire l'amour avec lui maintenant, c'est trop tôt. Bien sûr j'étais une femme libérée, mais justement, j'avais pris la résolution d'attendre pour faire l'amour quand je ferais la connaissance d'un homme. Je cherchais ce que je pourrais bien proposer pour éviter de tomber tout de suite dans ses bras. J'ai eu l'idée de suggérer qu'on aille se promener au jardin botanique juste à côté de l'hôtel.

Il avait fini sa valise. Je me suis levée. Il s'est approché de moi, sa main est remontée le long de mon bras, lentement. On s'est embrassés, un baiser profond, sensuel. J'ai ressenti une immense envie de m'abandonner, de céder à l'envoûtement. Tant pis pour ma résolution, je ne voulais plus résister. Je me suis laissée emporter comme par une vague, par une magie plus forte que nous qui guidait nos gestes.

Après l'amour on est restés blottis l'un contre l'autre. Dans ce moment d'après l'orgasme, je ressentais une paix profonde, qui s'irradiait dans tout mon corps. Puis je me suis levée, je suis allée à ma chambre qui était près de la sienne. J'ai pris une douche. Nicole a frappé à ma porte, je n'ai pas eu besoin d'expliquer longtemps. On s'est mises d'accord pour se retrouver le lendemain matin.

Je suis retournée à la chambre. Couché dans le lit, Christoph avait les bras croisés derrière la tête. Je me suis allongée près de lui, j'ai mis ma tête sur son épaule. J'ai demandé :

- *« Qu'est-ce que c'est ? Qu'est-ce qui nous arrive ? »*

- *« C'est l'énergie, c'est juste l'énergie. »*

On est sortis dans le bel après-midi d'été, le soleil sur nous chaud et agréable. On est allés au jardin botanique. J'avais faim, assise sur l'herbe j'ai pelé une orange, le jus me coulait sur les doigts qu'il s'est empressé de lécher, notre attirance nous rivait l'un à l'autre comme des aimants.

J'ai insisté pour qu'on aille manger, au restaurant on a commandé des fruits de mer. Je mangeais avec appétit mais lui, il touchait à peine à son plat ; après chaque bouchée, il s'arrêtait pour me regarder, fasciné. J'essayais de l'arracher à sa contemplation, flattée et embarrassée par son intensité. Je disais : « *Mange un peu!* ». Mais ça ne l'intéressait pas.

Ensuite on a flâné dans le vieux quartier de Lund, ravissant avec ses maisons basses à colombages, les roses trémières se détachaient sur les murs blancs, la chaleur du soleil était bonne, pas accablante comme dans les pays du sud. Le regard qu'on posait sur les choses était semblable. A un moment il s'est mis derrière moi, les bras autour de ma taille, il a marché dans mes pas, c'était nouveau et fou, il m'embrassait dans le cou, je riais, je me sentais entourée, légère, comblée. J'avais un sentiment de fête.

Je ne pensais pas, je ne voulais pas penser à ce qu'il m'avait dit tout de suite, dès notre première conversation dans l'autobus. Je lui avais demandé s'il était marié, il avait répondu que oui et qu'ils avaient deux jeunes enfants. J'avais pris note intérieurement, voilà, ce n'était pas quelqu'un avec qui je pouvais refaire ma vie. J'avais mis cette pensée de côté.

Il ne m'a pas parlé de sa vie, ni moi de la mienne. Je ne pensais qu'à goûter ce moment exquis, où rien ne comptait que lui et moi, et ce sentiment d'unité, comme si on s'était toujours connus.

On a marché longtemps, dans les rues, dans des parcs, tantôt enlacés, tantôt en se tenant la main. On s'est assis sur des bancs, goûtant la beauté de la nature, le calme de cet après-midi doré. Il n'arrêtait pas de me dire que j'étais belle, qu'il m'aimait, il était emballé et je me laissais porter par son enthousiasme. C'était bon, ma main dans sa grande main chaude, c'était bon, ses baisers sensuels et tendres.

Moi aussi, je le trouvais beau, j'aimais son visage viril aux traits forts, ses grands yeux expressifs, sa bouche sensuelle que la moustache cachait un peu.

Le soir est venu, une soirée d'été scandinave où le soleil n'en finit plus de disparaître, où la lumière s'étire et ne veut plus quitter. J'ai dû le rappeler à la raison pour qu'on rentre. On est allés dans ma chambre, ma compagne était partie, l'autre lit était libre. D'abord, il ne voulait pas dormir mais j'ai insisté, alors on s'est blottis l'un contre l'autre dans un des lits, peu à peu on s'est calmés, puis j'ai changé de lit et j'ai réussi à dormir.

Le lendemain, au moment de partir, il m'a prise dans ses bras, il avait un avion à prendre mais il n'avait pas envie de me quitter. Il m'a fait promettre de lui téléphoner ce soir-là à Berlin. J'ai répondu à son étreinte, je ne ressentais rien, j'étais même un peu soulagée qu'il parte : après tant d'intensité, j'avais besoin de me retrouver seule. Je suis descendue prendre le petit déjeuner au rez-de-chaussée. Tout à coup, à travers les fenêtres, je l'ai vu dehors. Il m'a fait signe d'ouvrir une porte qui ne s'ouvrait que de l'intérieur, il est entré et il m'a encore prise dans ses bras, et puis il est parti.

Ensuite je suis allée à Ystadt en voiture, avec Nicole et des amis qu'elle avait retrouvés. Cet après-midi là, je me promenais dans la ville avec eux. Je flottais, c'était irréel. Je venais de vivre un tourbillon, et je me retrouvais avec des gens que je connaissais peu, dans une ville dont j'avais du mal à capter la beauté. On est entrés dans une petite église, quelqu'un jouait de l'orgue, j'ai été émue aux larmes.

Le soir je l'ai appelé d'un téléphone public de l'hôtel. J'avais amassé de la monnaie et pendant qu'on parlait je devais constamment remettre des pièces. Il m'a raconté que le matin il avait raté son avion et qu'il avait passé l'après-midi dans un champ près de l'aéroport à penser à moi et à m'écrire une lettre. Je lui ai donné l'adresse de l'hôtel d'Amsterdam où j'avais dormi à l'aller ; je pourrais aller y chercher sa lettre quand je repasserais dans cette ville.

Il m'a redit qu'il m'aimait, qu'il voulait me revoir. Il m'a demandé si je ne pourrais pas changer mon itinéraire de retour pour passer le voir à Berlin. Ça me paraissait difficile, j'ai quand même demandé combien de temps il aurait à me consacrer, il a répondu moins de 24 heures. Je me suis dit qu'il ne manquait pas d'audace, demander un tel effort de ma part pour si peu de temps. Mais il insistait tellement, j'ai promis de m'informer.

Le lendemain je me suis réveillée prise de panique. Je ne voulais pas de ça. C'était un amour impossible. J'avais déjà vécu une relation avec un homme marié, elle avait mal fini. J'avais juré de ne plus jamais accepter une telle relation. Et puis il avait de jeunes enfants, je ne voulais pas toucher à ça. En plus, il vivait en Allemagne, au bout du monde pour moi. Non vraiment, ça n'allait pas. Il fallait que je lui fasse comprendre que notre relation ne pouvait pas continuer. Les pensées tournaient dans ma tête, je cherchais comment lui faire accepter cela, il était tellement emballé.

Je ne savais pas comment m'en sortir, comme si je devais nager à contre-courant de son enthousiasme. Alors, j'ai pensé lui écrire que l'amour qu'il ressentait pour moi venait d'abord de lui, je n'étais que l'occasion de le manifester. Donc cet amour il devrait le reporter sur sa femme et ses enfants. Une idée qui venait de mes ateliers de développement, naïve peut-être, mais elle m'aidait, je m'y accrochais. Pendant tout le trajet en train vers Stockholm, où je me rendais avec Nicole, je formulais des phrases dans ma tête. Dès que j'ai pu je les ai écrites, je ne pensais qu'à ça. Finalement j'ai envoyé ma lettre.

A Stockholm, par acquis de conscience, j'ai vérifié la possibilité de changer mon billet d'avion : comme je le pensais, ce n'était pas possible, ça aurait coûté une fortune. Il fallait que je le lui dise. Deux jours plus tard, j'étais dans une autre ville, à Göteborg. De chez mon amie je suis allée à pied au bureau de poste pour lui téléphoner. Il pleuvait. Je l'appelais à Berlin où il travaillait avec un collègue. Il a eu du mal à accepter que je ne viendrais pas. Il demandait avec insistance si c'était vraiment impossible. Il aurait tellement voulu me revoir. J'ai expliqué comme j'ai pu, déconcertée par l'intensité de sa déception. Puis on s'est dit au revoir.

En sortant de la poste, j'ai marché dans les rues assombries par la pluie. Sous le parapluie mon cœur battait la chamade. Comment une conversation au téléphone avec lui pouvait-elle me chambouler à ce point ?

De retour à Amsterdam d'où je devais repartir pour Montréal, je suis allée à l'hôtel chercher sa lettre. J'ai ouvert l'enveloppe dans la rue, elle contenait quatre feuillets lignés, couverts d'une écriture serrée. Sur les derniers feuillets il y avait des phrases écrites en travers dans la marge. En marchant, j'ai lu les premières lignes : « Ma femme Québécoise. » J'ai pensé in petto, a-t-il une femme dans chaque port ? Une maladresse mignonne. La lettre était en anglais, c'est la langue qu'on avait parlée ensemble, avec quelques mots en français. Il connaissait le français mais n'était pas tout à fait à l'aise pour le parler.

Il me disait son amour, son désir, les conjuguait en mille mots. Il me voyait comme une femme droite et digne, une créature capable de se donner. Il se sentait à la fois fort et troublé, calme et « virulent ».

Il espérait qu'on se retrouverait un jour, mais si on ne devait plus se revoir, il me porterait en lui, dans le secret de son cœur, comme je le lui avais appris. Je ne savais pas que je lui avais appris ça. Il me disait ses efforts pour reprendre pied, il ne voulait pas souffrir, pourtant la tristesse montait en lui à certains moments.

Je lisais la plus belle lettre d'amour que j'aie jamais reçue, assise sur un banc le long d'un canal à Amsterdam, décor romantique s'il en est. Je percevais son cri poignant.

Je suis rentrée à Montréal. La vie m'a reprise. Christoph n'a pas répondu à ma lettre. Un mois plus tard, j'ai reçu une carte postale d'Espagne. Il y passait des vacances avec sa femme et ses enfants. Il terminait par : « *je suis heureux* ». Voilà, je pouvais tourner la page, il avait accepté ma suggestion. Je n'avais pas de regrets, j'étais soulagée.

J'ai continué ma vie comme avant, j'ai rarement pensé à ce que j'avais vécu en Suède. Une chose cependant avait changé : je ne cherchais plus. Sans que je puisse me l'expliquer, je n'essayais plus de trouver quelqu'un avec qui je pourrais refaire ma vie.

Nouvelles voies

Avant ce fameux congrès et l'étonnante rencontre que j'y avais vécue, j'avais fait des pas importants dans ma vie. De nouvelles voies s'étaient ouvertes devant moi.

Premièrement, j'avais divorcé. Ça s'était passé sans difficulté.

J'étais déjà séparée de Bernard, mon mari. C'était lui qui était parti, mais j'étais d'accord. Cela s'était fait sans conflit, il n'avait pas contesté la garde des enfants ni le montant de la pension.

Un soir, il est passé chez moi. Il n'avait pas versé la pension des enfants à temps ; depuis notre séparation quatre ans auparavant, c'était arrivé à quelques reprises. Je l'avais appelé. Il est venu m'apporter un chèque.

Il est entré, on s'est assis quelques minutes. J'ai parlé des enfants, de ce qu'ils vivaient à ce moment-là. Il ne le savait pas, il les voyait peu. Il écoutait, faisait oui ou mm, avec sur son visage rond un sourire qui se voulait compréhensif, mais je sentais qu'il ne comprenait pas vraiment. Il n'était pas présent. J'avais l'impression de lancer une balle qui ne rebondissait pas, qui tombait dans le mou.

Au moment de partir, debout près de la porte, il a dit, avec sur son visage l'expression naïve que je connaissais :

- « *Tu sais, moi, je t'aime toujours.* »

Il m'avait dit ça plusieurs fois depuis notre séparation. J'ai souri, embarrassée. Je ne savais pas quoi répondre. J'aurais presque dit : « *Oui, c'est gentil.* »

J'étais perplexe. On ne vivait plus ensemble, mais on avait quand même une certaine relation. Je n'étais pas amoureuse de lui, je me sentais distante, mais d'une certaine façon, je l'aimais bien. Je voyais ses efforts pour surmonter son problème d'alcool. Ce qui manquait entre nous, c'était une vraie communication, on n'arrivait pas à se dire ce qu'on ressentait. J'avais pressenti ce problème déjà avant notre mariage, je l'avais épousé quand même.

Je me suis dit que si on divorçait, ça l'aiderait peut-être à se détacher de moi, et qu'il ne me ferait plus ces déclarations embarrassantes. Je l'ai appelé pour suggérer d'entamer les procédures. Il ne s'y est pas opposé, il a dit que si je prenais en charge le divorce, lui, il s'occuperait de faire annuler le mariage religieux. Pour moi l'annulation n'avait pas d'importance, mais pourquoi pas. Alors, j'ai payé seule le divorce, qui s'est fait rapidement. Désormais j'étais libre.

Deuxièmement, mon souhait de me rapprocher de mes enfants s'était réalisé d'une façon surprenante, qui m'avait ouvert de nouvelles perspectives.

Mes filles avaient 17 et 16 ans, mon fils 15. Je commençais à réaliser que nous n'avions peut-être plus beaucoup de temps à passer ensemble. Bientôt ils allaient devenir adultes, ils iraient chacun leur chemin. J'avais envie que tous les quatre, nous vivions quelque chose de fort, une expérience qui nous rapprocherait, avant qu'ils ne prennent leur envol. J'ai pensé à un voyage, au Mexique peut-être. Je leur ai annoncé que j'allais économiser mon argent pour que nous puissions voyager.

C'était l'été. L'automne suivant nous avons entendu parler d'un atelier de développement personnel. Il durait un week-end et coûtait quelques centaines de dollars. Des amis de mes enfants l'avaient vécu, ils disaient que c'était formidable. Anne-Marie, ma fille aînée, a voulu le faire. J'ai accepté de le lui payer. Quand elle en est revenue je n'ai pas remarqué beaucoup de changement en elle, sauf qu'elle semblait s'être fait des amis. Elle a continué à rencontrer le groupe. Elle était très seule depuis qu'elle avait manqué une année d'école à la suite de son opération au cerveau. J'étais contente qu'elle connaisse un nouveau milieu.

A une réunion où je m'étais rendue, dans un hôtel en ville, on faisait la promotion de l'atelier. Des participants des ateliers précédents essayaient d'amener les gens à s'inscrire en racontant leur expérience. Je les trouvais trop enthousiastes, je me méfiais. Je ne me suis pas inscrite.

Puis mon fils, Jean-François, a voulu aussi le faire. Quand il en est revenu, j'ai tout de suite vu qu'il avait changé. L'expression de son visage était plus ouverte, il se dégageait de lui une lumière, il rayonnait. Il s'est mis à parler avec moi, ce qu'il ne faisait pas avant. Une fois que nous venions de converser longuement, assis tous les deux à la table de la cuisine, il m'a dit :

- *« Tu sais maman, avant l'atelier, je n'aurais jamais pu parler comme ça avec toi. Je ne t'écoutais pas. Maintenant je t'écoute. »*

C'était vrai, il m'écoutait, je voyais qu'il était touché par ce que je disais. Alors j'ai pensé que si l'atelier avait eu un tel effet sur lui, j'aurais peut-être aussi quelque chose à aller y chercher. J'ai décidé de le faire.

L'atelier commençait un jeudi soir, et continuait jusqu'au dimanche soir. Le vendredi, j'ai eu 42 ans. Nous étions une centaine de personnes, hommes et femmes. Plusieurs animateurs ont présenté des exposés, nous avons fait des exercices en groupe, des jeux de rôle qui avaient pour thème les relations avec les proches, la famille, les émotions ressenties.

Dans l'exercice qui était le point culminant de l'atelier, chaque participant se présentait sur la scène – on disait aller à l'avant - et engageait un dialogue avec les animateurs, un homme et une femme. Ils avaient une façon de poser des questions qui amenait non seulement cette personne, mais aussi les autres participants, à voir où la personne était accrochée, quel pas elle devait faire pour mettre fin à son blocage. Pour certaines personnes, c'était pardonner à leur père ou leur mère, pour d'autres mettre fin à une relation devenue mauvaise, pour d'autres encore laisser partir une peur. Le climat était tel que la plupart des gens étaient prêts à s'ouvrir, à répondre sincèrement aux questions. Il devenait clair aussi que le pas que la personne devait faire dépendait d'elle totalement et qu'elle avait le pouvoir de décider. Quand la personne prenait la décision de s'ouvrir, les gens applaudissaient, se réjouissaient.

Je ne sais plus ce que j'ai dit quand je suis allée à l'avant. Je me souviens seulement que j'avais l'impression de ne pas être allée au bout, et alors que tout était fini, je me suis retrouvée avec la copine de mon fils. Je l'ai prise dans mes bras et j'ai pleuré à gros sanglots, elle représentait mes trois enfants à la fois. Après ma crise de larmes, je me sentais totalement ouverte, détendue. Cette fois j'étais allée au fond.

Quand je suis rentrée de l'atelier, mon autre fille Pascale a descendu l'escalier pour venir à ma rencontre, elle m'a regardée et a dit tout de suite : « *Moi aussi je veux le faire.* » Jusque là elle avait été très réticente. Alors elle y a participé le mois suivant.

L'atelier a eu un grand impact sur moi. A travers les exercices et les réflexions, j'ai pris conscience de l'armure de méfiance que j'avais bâtie autour de moi et j'ai abandonné des rancunes. J'ai été capable de pardonner des choses qui m'avaient marquée, et fait un premier pas vers une nouvelle capacité de faire confiance. C'était en quelque sorte un cours sur comment devenir une meilleure personne, plus ouverte et plus heureuse. Je ne me suis pas rendue compte à l'époque à quel point l'enseignement qu'on y donnait était spirituel.

L'effet de l'atelier a été renforcé par un autre type de week-end qu'on appelait l'équipe, qui avait lieu un mois plus tard, où les participants collaboraient à la réalisation de l'atelier suivant, et se trouvaient ainsi de nouveau en contact avec le message qu'il véhiculait. L'équipe a été pour moi aussi importante que l'atelier.

Après nos ateliers, j'ai vécu une période extraordinaire. Quand je rentrais du travail, on se mettait à parler, les enfants et moi, assis dans le salon. J'oubliais de faire le repas, tellement c'était fascinant d'échanger avec eux. Les ateliers étaient notre principal sujet de conversation. Nous nous racontions ce qui était arrivé dans « notre » atelier, nous comprenions tout de suite. Nous avions des valeurs communes. Je pensais que c'était extraordinaire que nous ayons pu avoir la même formation. Je me suis rendue compte alors que mon intention de l'été précédent s'était réalisée autrement, et bien mieux, que ce que j'avais imaginé.

Troisièmement, j'avais fait l'apprentissage de la méditation, qui s'est avérée très importante dans ma vie.

C'est sans doute l'ouverture qui s'était produite en moi dans l'atelier qui m'a permis d'accepter l'idée de méditer. Bernard m'en avait parlé, il avait dit que la méditation était la seule chose qui l'aidait à ne pas boire. Je n'avais pas de problème d'alcool, mais la sérénité qu'il semblait y trouver m'attirait.

Il m'a emmenée à une conférence de présentation. Le but était d'atteindre un état transcendantal, un bonheur intérieur qui rendait le méditant et même l'environnement plus harmonieux ; on avait fait des recherches scientifiques là-dessus et prouvé une diminution de la criminalité dans des quartiers où beaucoup de gens méditaient.

J'ai pris un cours, réparti sur quatre jours. C'était assez cher. La femme qui m'a enseignée m'a fait pratiquer devant elle, elle m'a confirmé que c'était bien de la méditation, ce qui se passait. Ça m'a rassurée. Je crois que sinon, j'aurais toujours douté, je me serais demandé si je faisais bien ce qu'il fallait.

On recommandait de méditer vingt minutes deux fois par jour, le matin et le soir. J'ai pris l'habitude de me lever plus tôt pour le faire. J'aimais l'effet de la méditation, elle me centrait, me calmait. J'entrais dans un espace intérieur, je sentais une énergie subtile, comme un flot dans lequel je nageais paisiblement. Quand je ne pouvais pas méditer, ça me manquait.

Du neuf avec du vieux

Environ six mois après ma rencontre avec Christoph, je me trouvais chez Bernard pour le souper. On se voyait de temps en temps. D'habitude, il m'invitait au restaurant, comme il faisait aussi avec d'autres amies, son carnet d'adresses était plein de noms de femmes.

Ce soir-là, il avait proposé de manger chez lui parce qu'il voulait économiser. Les sorties au restaurant lui coûtaient cher. Il avait fait la cuisine et a présenté le repas avec fierté. Je l'ai félicité. On a parlé de choses et d'autres, de politique, de son travail dans le milieu de la télévision. Sur ce plan-là on pouvait très bien communiquer.

Je me sentais détendue, en terrain familier. Tout en parlant, je me disais qu'on avait vécu beaucoup d'événements ensemble, qu'on avait quand même des choses en commun.

Il m'a parlé de ses difficultés d'argent et de ses efforts pour réduire ses frais. En l'écoutant, je pensais que moi aussi, j'avais un budget limité et que les couples qui restent ensemble ont l'avantage de partager les dépenses. Je me disais qu'après tout, Bernard avait des qualités et de la bonne volonté. Il avait cessé de boire, au restaurant il insistait toujours pour que je boive du vin, lui, il n'en prenait pas.

D'un seul coup, j'ai eu une inspiration. Si je lui proposais de venir habiter dans ma maison, on s'en tirerait mieux financièrement tous les deux. J'en avais marre d'être seule, je ne croyais plus à la possibilité de refaire ma vie, j'avais même un peu peur d'une relation passionnée qui serait difficile à maintenir dans le quotidien. Après tout, on pouvait vivre ensemble sans être amoureux.

Je n'y ai pas réfléchi plus longtemps, j'ai fait la suggestion et dit qu'on pourrait essayer de bâtir une relation sur une base différente. Il a réagi avec enthousiasme. Son visage s'est illuminé, il m'a prise dans ses bras et il m'a embrassée. Il ne savait pas bien embrasser. Sa bouche était rigide, ça n'avait rien à voir avec les baisers profonds, ces échanges de l'âme, que j'avais connus. Mais dans ses bras, je me sentais enveloppée, il me donnait l'impression d'un nounours confortable, rassurant.

Bernard a organisé son déménagement rapidement. Notre fille, Pascale, avait accepté de lui céder sa chambre, qui était de même dimension que la mienne, pour en prendre une plus petite. Il a fait couvrir les murs d'un papier peint coûteux, avec des fibres naturelles, et y a mis le mobilier de chambre en beau bois qu'on avait acheté quand on s'était mariés.

Une nouvelle période de vie a commencé pour moi. J'étais contente de ne plus être seule. On a continué chacun nos activités comme avant, mais on a aussi partagé des repas, fait certaines sorties, on est allés chez des amis, au cinéma. Je l'ai accompagné dans des réceptions. Les gens autour de nous semblaient voir notre relation d'un bon œil.

Ma stabilité nouvelle m'a stimulée, j'ai ressenti un regain d'énergie, qui m'a amenée à réaliser des projets. J'avais fait ma scolarité de maîtrise, j'en étais à l'étape du mémoire. J'ai obtenu un congé d'études de trois mois, je les ai passés à faire des recherches en bibliothèque, et à mener des entrevues avec des enseignants pour concevoir le projet de recherche. J'ai aussi recommencé à faire des exercices physiques à la maison, j'avais appris une certaine séquence que je pouvais faire seule.

Souvent, les jours de semaine, je rentrais vers cinq heures, je faisais mes exercices avant le souper. Lui, quand il était là, attendait le repas allongé en travers sur son lit, la tête appuyée sur son bras et jouait avec son ordinateur de poche.

Un soir, on avait des billets pour le spectacle d'un humoriste. Vers six heures, il m'a appelée pour me dire qu'il était retardé. Il a suggéré que je me rende au théâtre et que je laisse son billet à la caisse, il viendrait me retrouver. Je suis entrée dans la salle, la représentation a commencé. A mesure que le temps passait, je me suis sentie de plus en plus mal à l'aise. Je n'arrivais pas à me concentrer sur ce que l'humoriste disait. J'entendais des phrases, mais je ne suivais pas. Les gens autour de moi riaient, je ne trouvais rien de drôle.

Après la pause, il n'était toujours pas venu, et j'étais atterrée. J'avais vécu ça autrefois, les attentes sans fin. Il ne donnait aucun signe de vie pendant des heures, et puis il rentrait très tard, ivre. Le scénario se répétait, c'était évident. J'avais été naïve de croire qu'il avait réglé son problème d'alcool.

Je suis retournée à la maison et j'ai réussi à dormir. Je ne l'ai pas entendu rentrer. Le lendemain, il avait l'air malade, il tremblait, je connaissais ça aussi. Il m'a dit tout de suite :

- « *Oui j'ai bu, mais j'avais une raison, si tu savais ce qui m'est arrivé.* »

Il s'est mis à me raconter une histoire rocambolesque. Il avait été appelé sur les lieux d'un grave accident de voiture impliquant du personnel de son entreprise, il y avait des morts et des blessés. Il avait été tellement secoué qu'il n'avait pu s'empêcher de boire. Je l'écoutais, abasourdie. C'était invraisemblable et pourtant il le racontait avec une telle conviction que je l'ai écouté sans réagir, j'étais assommée.

Par acquis de conscience, j'ai vérifié dans les journaux, un accident de l'importance qu'il décrivait y aurait figuré, bien sûr il n'y avait rien. Je n'en revenais pas. Comment un homme aussi intelligent, avocat, secrétaire général d'une entreprise importante, pouvait-il fabuler à ce point ? Le pouvoir d'invention d'un alcoolique a de quoi laisser pantois.

Je ne l'ai pas mis en face de la réalité, j'ai laissé passer. Il n'a plus parlé du prétendu accident, moi non plus.

Ce jour-là, je me suis demandé ce que je ferais. Je ne me sentais pas le courage de lui demander de partir. J'ai décidé d'attendre, de voir à quelle fréquence les rechutes se produiraient. Tant qu'il ne devenait pas violent, et si ça n'arrivait pas trop souvent, je pourrais peut-être vivre avec la situation.

Mais pour moi, notre relation est devenue plus formelle, j'ai retrouvé la distance.

C'est cette distance qui m'avait permis de m'en sortir, autrefois, quand j'avais 27 ans et trois jeunes enfants, et que j'avais compris que je ne pourrais pas l'aider à cesser de boire. A l'époque, j'avais lu un livre sur le syndrome des femmes d'alcooliques, qui se détruisent à essayer de sauver leur mari. J'avais compris que je devais me détacher, le laisser prendre la responsabilité de son problème. Cela avait été douloureux, mais j'y étais arrivée.

Les rechutes n'ont pas été très fréquentes. Une fois par mois peut-être. Ça se passait souvent un vendredi soir. Il ne rentrait pas, ne téléphonait pas, disparaissait. Dès que je reconnaissais ce qui arrivait, je faisais autre chose. Je ne l'attendais pas. Le lendemain, je ne m'occupais pas spécialement de lui.

J'ai continué à partager la maison et à faire des sorties avec lui de temps en temps. La méditation m'aidait à garder mon équilibre. J'ai passé plus de temps avec des amies. J'avais fait ma paix avec la situation, je me disais que ce n'était pas si mal après tout. Je n'avais pas de raison de tout bouleverser.

Retrouvailles

J'habitais avec Bernard depuis près d'un an. Un soir de janvier où nous étions allés au cinéma, en rentrant j'ai trouvé une lettre de Christoph. Je l'ai ouverte tout de suite. Il écrivait qu'il allait venir à Montréal en mars pour des raisons professionnelles et demandait si j'accepterais de le revoir. Je ne m'y attendais pas, après un an et demi où je n'avais rien reçu de lui.

Il resterait deux jours avant de continuer son voyage vers Ottawa et les Etats-Unis. Il demandait si je pourrais le loger ou lui trouver un hôtel.

J'ai demandé à Bernard s'il verrait des objections à ce que j'héberge un professeur allemand que j'avais connu en Suède. Je l'ai senti se raidir : bien sûr, il n'aimait pas l'idée, mais il n'a pas osé le dire.

Je me demandais comment ce serait de le revoir. J'avais peu pensé à lui. Ce n'est que plus tard que j'ai compris pourquoi je l'avais chassé de ma mémoire. Cela ressemblait à ce qui s'était passé autrefois, pour ma montre.

A onze ans je souhaitais avoir une montre pour mon anniversaire. Ma mère m'avait expliqué que ça coûtait trop cher, qu'on ne pouvait pas se le permettre. Alors j'y avais renoncé. Je m'étais dit qu'après tout je n'en avais pas besoin, qu'il y avait des horloges partout. Le jour de mes 12 ans, maman m'a fait une fête et elle m'a présenté mon cadeau: une montre. Je l'ai regardée, sidérée. J'étais consciente que je devais manifester de la joie. Mais je n'en ressentais pas : j'avais si profondément renoncé que je n'étais plus en contact avec mon désir. J'ai dû faire un effort pour retrouver en moi ce souhait enfoui, et pouvoir me réjouir.

C'est quelque chose de semblable qui s'était passé en moi par rapport à Christoph. Ce n'était pas possible, alors mieux valait oublier. Par peur de souffrir, j'avais refusé de cultiver le souvenir des moments passés avec lui. Je m'étais sentie si aimée, tellement en harmonie. Je ne voulais surtout pas penser qu'avec cet homme, vrai et sensible, j'aurais pu être heureuse. J'avais bloqué les souvenirs. Quand j'y pensais, je m'accrochais à l'idée que c'était trop intense, qu'on ne peut pas vivre une telle relation dans le quotidien.

J'avais même oublié la deuxième lettre qu'il m'avait envoyée à Amsterdam, touchante, où il disait sa tristesse, son besoin de moi. Je n'avais pas voulu m'émouvoir, ni admettre que moi aussi, j'étais triste. Je ne voulais pas l'être.

Voilà qu'il ressurgissait, il allait venir. Je ne savais pas comment je me sentirais en le voyant. Je lui ai écrit pour lui dire que je l'hébergerais et que j'avais un peu peur. On avait changé tous les deux. Il a répondu que lui aussi, il vivait un conflit entre le désir de me voir et une certaine crainte, mais en réalité, on n'avait pas de raison d'avoir peur, on devrait seulement vivre le moment présent et voir où nous en étions tous les deux. Puis à la fin, il écrivait : « *Je me languis de te voir, de te regarder dans les yeux, de te parler, de sentir ton odeur, de te respirer.* »

Je lui avais suggéré de prendre l'autobus à partir de l'aéroport. Je suis allée le chercher au terminus du centre ville. Je suis arrivée en retard, à cause de la circulation. Je me souvenais vaguement de son apparence physique. En le voyant en train de téléphoner à un appareil mural, j'ai reconnu sa stature. Dès qu'il m'a vue, il a raccroché. Il est venu vers moi et m'a prise dans ses bras, m'a serrée avec fougue, il a dit que c'était formidable. Il avait cru que je ne viendrais plus.

Je l'ai emmené chez moi. Je l'ai présenté à mes filles et à mon fils. Ensemble on a pris un repas rapide, et puis je lui ai montré sa chambre. J'ai dit qu'il était sûrement fatigué, il pourrait dormir quand il voudrait. Puis je suis partie pour aller chez ma mère, dont c'était l'anniversaire. Les enfants sont venus aussi.

Le lendemain matin, je suis descendue avec lui au sous-sol pour lui montrer la douche qui était près de la chambre de mon fils, à l'étage on avait seulement une baignoire. On est entrés dans l'espace restreint de la salle de bains. Sans attendre, il m'a prise dans ses bras et s'est mis à m'embrasser voluptueusement. J'étais saisie, je ne me sentais pas vraiment prête à cela, j'avais besoin de temps, pourtant, je ne l'ai pas repoussé. Pendant que je me laissais embrasser, j'étais consciente que mes enfants allaient s'étonner. Après quelques minutes, je me suis dégagée. J'ai appris plus tard que la petite amie de mon fils attendait dans la chambre voisine que nous ressortions, elle n'osait pas passer devant la porte ouverte.

Ce matin-là, il avait des rendez-vous, moi je travaillais. Ensuite, j'ai pris congé pour passer l'après-midi avec lui. Je l'ai amené en voiture sur l'aire de stationnement de la montagne, d'où on a une belle vue de l'est de Montréal. On est descendus de voiture, debout contre le rempart, on a regardé, il a trouvé ça beau. Il m'a parlé de sa vie en Allemagne, je l'ai écouté, j'avais du mal à me relier à ce qu'il racontait.

Puis il s'est tourné vers moi, il a mis son bras autour de mon épaule et m'a dit qu'il était content de m'avoir retrouvée. Il n'avait pas osé l'espérer. Ses yeux bleus rayonnaient. Je sentais sa sincérité. Je ne trouvais pas son enthousiasme trop intense, comme à Lund. Son emballement était bon. Peu à peu, quelque chose a fondu en moi, je me suis laissée gagner par sa joie. J'ai mis de côté la pensée de ce qui nous séparait et je me suis laissée aller à la magie de l'attirance qui se créait entre nous comme un champ magnétique.

On est remontés dans la voiture. Il a pris ma main.

-« *J'aime ta main. Elle est fragile, je n'en reviens pas comme ton poignet est mince, et pourtant je sens ta force. Regarde comme nos mains vont bien ensemble.* »

On est allés manger dans mon restaurant de poisson préféré, dans le Vieux Montréal. Je me sentais gaie, légère. Il a commandé du vin blanc, j'ai vu qu'il s'y connaissait. Il s'est amusé du geste précieux du garçon quand il resservait le vin, on a ri. Je dégustais la saveur délicate du poisson, la finesse du vin. J'appréciais le charme de notre conversation.

En ressortant, on a flâné dans les rues du vieux Montréal, on était début mars mais il ne faisait pas froid, les rues étaient désertes. Il me tenait serrée contre lui, souvent on s'arrêtait pour s'embrasser, on retardait le moment de retourner à la maison.

On est finalement rentrés. Il est venu me retrouver dans mon lit, j'ai éteint la lumière. On s'est blottis l'un contre l'autre. J'avais envie de lui, mais on n'était pas à l'aise. Bernard pouvait venir à tout moment. Quand on l'a entendu arriver, Christoph est allé rapidement dans sa chambre. J'avais laissé ma porte fermée, Bernard n'est pas venu me parler.

Nous avons passé le lendemain ensemble, Christoph et moi. Quand il est reparti, j'étais dans un état différent. J'avais laissé l'amour déferler en moi. Je ne me retenais plus.

Après son départ, j'ai appelé mon amie Colette, avec qui je passais beaucoup de temps à cette époque, et qui m'avait confié ses amours difficiles. Je lui ai raconté ce qui m'arrivait. J'étais ravie de pouvoir partager cela avec elle, elle était la seule à qui je pouvais le dire.

Elle a tout de suite été complice.

-« Il faut que vous ayez un endroit pour être seuls quand il va revenir. »

Elle m'a proposé de me prêter son appartement pour les deux jours où il reviendrait à Montréal. Pendant cette période elle pourrait dormir chez une amie qui habitait l'étage au-dessous de chez elle. J'ai accepté avec empressement son offre inespérée.

Pour justifier mon absence, j'ai raconté à Bernard et aux enfants que je devais aller à un congrès. J'étais consciente qu'ils ne m'avaient peut-être pas crue, je savais que je mentais mal. Mais ça m'était égal. J'ai fait ma valise et je suis allée chercher Christoph à l'aéroport.

On a monté l'escalier étroit, Colette habitait au troisième, dans une maison ancienne typique d'Outremont, un appartement au caractère vieillot, tout en longueur, avec des plafonds hauts. Christoph l'a trouvé charmant.

La chambre donnait sur l'avant. C'est un nid d'amour que mon amie avait préparé, le grand lit douillet à la courtepointe brodée, sur la petite table près du lit un superbe bouquet de fleurs, qu'on appelle lis des incas, d'un rose tendre. Des rideaux de dentelle voilaient les fenêtres hautes.

Enfin on était seuls. On s'est enlacés, debout devant lui j'ai touché son visage, il a caressé ma tête, avec nos mains chercheuses, nos baisers, on a commencé à se découvrir. Il était à la fois fougueux et tendre, attentif, à un moment il a mis un coussin sous ma tête. Je sentais qu'il suivait son intuition, sensible à mes réactions. Ses gestes étaient justes et je m'abandonnais comme j'avais suivi ses mouvements quand on avait dansé. Je ressentais intensément chaque toucher.

Après l'orgasme, on est restés rivés, on a continué à s'embrasser. Puis allongés l'un contre l'autre, on a goûté une paix profonde. Quand on a de nouveau commencé à parler, on s'est émerveillés de la beauté de la lumière qui filtrait à travers les rideaux.

Les deux journées ont passé très vite. J'ai aimé partager avec lui les gestes du quotidien. A un moment, j'étais debout devant l'évier de la cuisine, en train de laver les assiettes du petit déjeuner. Il est venu, m'a entouré de ses bras, il a mis les mains sur mes seins.

-« *Tu vois, tu es prisonnière, tu ne peux pas te défendre.* »

Il aimait toucher et être touché, il ne manquait pas une occasion. Il adorait que je lui caresse la tête. Ça m'a surprise, il me semblait que la plupart des hommes que j'avais connus ne supportaient pas ça. Sa mère l'avait caressé de cette façon ; pour lui, ce geste signifiait tendresse, protection.

Le soir, j'avais prévu d'aller dîner dans un hôtel chic, au sommet d'une tour, avec vue sur la ville. Il a voulu se faire beau, et m'a demandé s'il devait mettre son nœud papillon. Ça m'a fait rire : je n'avais jamais vu personne porter un nœud papillon.

Le lendemain, le désir nous a ramenés l'un vers l'autre, de nouveau on s'est aimés dans le lit douillet. Je ne me lassais pas de nos baisers. J'aimais son odeur de pain frais, j'aimais ses caresses, sa bouche gourmande sur moi. On est restés longtemps couchés, et puis on a eu besoin de sortir, de respirer. Alors on est allés marcher dans les rues du quartier, ces rues typiques bordées d'arbres centenaires, où les vielles maisons ont des escaliers extérieurs.

Quand on est rentrés, il a suggéré de prendre un bain. On a fait couler l'eau dans la baignoire ancienne, haute sur ses pieds. Il s'est assis le premier, et moi face à lui, mes jambes par-dessus les siennes. Il m'a entourée de ses bras. Je parlais de moi, je le sentais présent à ce que je disais. Jamais un homme ne m'avait écoutée de cette façon, jamais je ne m'étais sentie aussi comprise. Dans l'eau tiède, dans le havre de ses bras, soudain j'ai su que cette intimité, cette correspondance, c'était ce que j'avais toujours cherché, ce dont j'avais la nostalgie. C'est à ce moment-là que mon cœur a dit oui.

Le lendemain, il repartait. Je me suis réveillée à cinq heures du matin avec un mal de ventre aigu. Je me tordais de douleur. Je me suis levée. Dans l'autre pièce, j'ai essayé de faire des exercices, des respirations profondes pour calmer le mal, rien n'y faisait. Je me suis souvenu d'un léger calmant qu'un médecin m'avait prescrit. J'ai pris ma voiture et je suis allée chez moi, c'était un trajet de presque une demi-heure. Je suis entrée par la porte de côté, j'ai pris les comprimés, personne ne l'a remarqué.

Je suis retournée à l'appartement, je me suis couchée près de Christoph, il ne s'était pas aperçu de mon absence. Peu à peu, la douleur dans mon ventre a diminué, j'ai ressenti un soulagement, une sensation de fraîcheur là où j'avais eu mal.

En faisant ses bagages, Christoph a dit plusieurs fois qu'il ne voulait pas me quitter. Je n'ai rien dit, moi non plus, je ne voulais pas qu'il parte.

A l'aéroport, il a déposé ses bagages et on a marché vers la porte d'embarquement. On s'est assis sur un banc dans la dernière zone où je pouvais encore l'accompagner, et d'un seul coup, il a éclaté en sanglots. Je n'avais jamais vu un homme pleurer comme ça. Il m'aimait, il ne voulait pas me quitter, qu'est-ce qui allait advenir de nous ?

Moi, je n'ai pas pleuré. La douleur je l'avais eue avant, je ressentais encore la fraîcheur dans mon ventre, comme un coussin qui m'empêchait de souffrir. Je l'ai pris dans mes bras, je lui ai caressé la tête. J'ai dit que ça ne se pouvait pas qu'on soit séparés pour toujours, qu'on trouverait un moyen. Il s'est calmé un peu et il est parti.

En conduisant pour rentrer chez moi, je me disais que c'était incroyable ce qui nous arrivait. On s'était vus si peu – deux fois deux jours – et on était follement amoureux. Il y avait entre nous une affinité extraordinaire, mais on ne se connaissait pas – sa vie, les circonstances de sa vie – je n'en avais aucune idée.

Pourtant, j'avais une certitude : je n'acceptais pas que ce soit fini. Cette fois, je ne lui dirais pas de retourner vers sa femme. Notre amour était aussi impossible qu'avant, mais je ne voulais pas le reconnaître. J'étais déterminée, je trouverais une solution.

L'improbable

Comment continuer notre relation ? J'avais à peine quitté Christoph que j'avais déjà une idée. Je ne pouvais pas rester en suspens, j'avais besoin de me donner une perspective.

Puisqu'on avait eu si peu de jours, on ne pouvait pas prendre d'engagement. Il fallait d'abord se connaître davantage. Pour moi, c'était clair : la prochaine étape, ce devrait être de passer du temps ensemble. Comment faire ? La meilleure façon, me semblait-il, ce serait de prendre des vacances, deux ou trois semaines. Ça ne changerait encore rien à notre vie, après on verrait plus clair.

Je sentais que je ne pouvais pas lui faire cette suggestion, c'était trop tôt. Il fallait d'abord laisser retomber, décanter ce qu'on avait vécu. J'étais consciente également que sa situation était très différente de la mienne. Je me sentais libre, Anne-Marie allait se marier, Pascale et Jean-François avaient déjà 19 et 18 ans, donc ils auraient moins besoin de moi dans un proche avenir ; par rapport à Bernard, je me sentais sans obligation.

Pour Christoph, c'était différent, il vivait toujours avec sa femme, même si leur relation ne le satisfaisait pas. Leurs enfants avaient quatre et six ans. S'il partait en vacances avec moi, ça voudrait probablement dire la fin de leur mariage. Je ne pouvais pas demander une telle chose. J'ai décidé d'attendre, quitte à peut-être suggérer cette idée quand ça paraîtrait opportun.

J'ai repris ma vie d'avant, mais ce n'était plus comme avant. J'étais tellement touchée, je ne pouvais pas garder ça pour moi, il fallait que j'en parle. J'ai raconté ce qui m'arrivait à ma sœur Marie-Louise, qui m'a montré beaucoup d'empathie. Puis je l'ai dit à ma fille Pascale, qui a accueilli ma confidence avec compréhension. Elle avait un amoureux depuis quelques mois, j'ai pensé que ça l'aidait à me comprendre.

Bernard était de mauvais poil, irascible. Je le connaissais bien. J'ai dit :

-« *Bernard, tu sens qu'il y a quelque chose, et tu as raison.* »

Alors, je lui ai dit que j'étais amoureuse de Christoph. Bernard s'est tout de suite calmé. Il a accepté. Il se disait peut-être que c'était une relation impossible, que ça me passerait. J'étais contente d'avoir parlé, je n'avais pas envie de vivre dans le secret.

Je pensais uniquement à la beauté de ce que j'avais vécu, je ne voulais pas reconnaître que c'était terrible ce qui m'arrivait. Je m'étais ouverte, totalement donnée. Je me retrouvais à des milliers de kilomètres de lui, les bras vides alors que je ne voulais rien d'autre que d'être proche de lui.

C'était pareil pour lui : dans sa première lettre, il me disait ses efforts pour reprendre pied dans sa vie d'avant. Il était plus sensible à tout. C'était Pâques, il était allé à l'église avec ses enfants et avait été ému aux larmes.

Christoph et moi, on s'est téléphoné quelques fois, pas souvent, à l'époque les appels outre-mer coûtaient très cher. Alors, on a commencé un dialogue par lettres, on s'écrivait presque tous les jours, je ressentais le besoin de lui dire à mesure ce que je vivais, il faisait la même chose.

Je lui disais mon amour, et mon ravissement qu'il soit aussi capable d'exprimer ses sentiments, et de deviner les miens. Lui, il me racontait comment il se sentait, à mesure, il se demandait comment il pourrait vivre sans moi. Il me décrivait ses émotions, il ne semblait pas avoir de perspective d'avenir. A un moment, il a écrit que fondamentalement nous sommes seuls, nous restons seuls, et quand il se produit une rencontre comme la nôtre, c'est un miracle, mais on ne peut pas être sûr de maintenir cela dans la vie normale.

Je voulais être raisonnable, tenir compte de sa situation, ne pas le bousculer. Alors je lui écrivais de prendre le temps de savoir ce qu'il voulait vraiment. Mais en réalité, je n'avais qu'une pensée : le revoir, passer du temps avec lui. A chaque lettre, je cherchais une indication, un signe qu'il pensait à la façon dont on pourrait se revoir.

Ça ne venait pas. Alors j'ai eu une attaque de scepticisme. C'était une situation classique, un homme marié qui tombe amoureux d'une autre femme, mais en réalité ne veut pas vraiment changer sa vie. Alors il fait patienter sa maîtresse, aussi longtemps qu'il peut.

J'étais tombée dans ce piège moi-même une fois : mon amant marié m'avait persuadée que sa femme accepterait notre relation, si elle me connaissait. Alors il m'avait présentée à elle, on s'était vus quelquefois à trois, et puis rien n'était arrivé. Il retardait constamment de parler à sa femme. Finalement, elle avait deviné, notre relation s'était terminée en fiasco. Je n'avais pas envie de revivre ça.

Mes doutes ont abouti en crise de larmes. Christoph ne m'aimait pas vraiment, il ne changerait jamais sa vie pour moi. Je voulais arrêter, ne plus le revoir, ne plus souffrir. J'ai sangloté pendant des heures, j'avais les yeux gonflés, le visage boursouflé, mal au ventre.

J'ai fini par me calmer, et puis je me suis rendue compte que je n'avais pas envie de terminer ma relation, pas encore en tout cas. Ce qui m'habitait vraiment, c'était la difficulté d'accepter l'absence, de reconnaître qu'il me manquait et que j'en souffrais.

J'avais écrit à mesure les doutes, la souffrance, je lui ai envoyé les textes, pour qu'il sache par quelles émotions j'étais passée, j'ai appelé ça ma tempête. Je lui ai dit que s'il ne voulait pas il n'avait pas à les lire. Il m'a répondu que ma tempête ne lui faisait pas peur.

Puis, j'ai reçu une cassette, elle commençait par une cantate de Bach, et puis Christoph, de sa belle voix grave, récitait le poème du roi David à la reine de Saba, c'était incroyablement beau. Il m'appelait sa gazelle, j'adorais la façon dont il prononçait ce mot, gazelle.

En mai, il a proposé que nous prenions des vacances ensemble. Il m'a demandé où j'aimerais aller. J'avais envie de connaître la Grèce. Il était d'accord, il allait s'occuper de planifier nos vacances.

Le jour où il a fait la réservation du voyage, en revenant il est tombé de son vélo. Il a passé deux jours à l'hôpital. Heureusement il n'avait rien de grave.

Célébration

Christoph est venu me chercher à la gare d'Osnabrück, la ville où il habitait. Trois mois qu'on ne s'était pas vus. Il m'a amenée chez lui. Sa femme était sortie avec les enfants, elle nous avait laissé l'appartement. Dans une villa blanche, au premier étage, il m'a montré le salon, une grande pièce à plafond haut, meublée d'un divan bas en coin, couvert de coussins. Dès qu'on s'est embrassés, on a été emportés comme par une vague, on a fait l'amour là, tout de suite, sur les coussins moelleux.

Le lendemain, on a pris l'avion vers Rhodes, la destination de notre voyage. Dans l'avion on s'est embrassés souvent, quand on croyait qu'on ne nous regardait pas. On a pris du champagne allemand, il a bu et, en m'embrassant, a versé dans ma bouche le liquide doux, c'était terriblement sensuel et troublant.

A la descente de l'avion, on est montés dans un autobus qui nous a amenés à l'hôtel. Christoph m'a prévenue qu'il allait prendre les devants pour être un des premiers à la réception. Il a réussi à obtenir une chambre calme, vers l'arrière. Elle donnait sur un jardin qu'on voyait par des portes-fenêtres.

L'hôtel ne servait que le petit déjeuner, pour le repas du soir on est allés à la ville à environ sept kilomètres. On a pris un autobus des transports en commun. Une fois arrivés, on a marché dans les rues couvertes de pavés et de mosaïques à certains endroits. Je regardais les maisons de pierre, les tables dans la rue, ça ne ressemblait pas du tout aux villes que je connaissais.

On a vu un restaurant avec des tables dehors, couvertes de nappes de plastique. Christoph avait l'impression que là, ce serait bien. J'étais surprise, je n'avais pas de critère pour juger un restaurant aussi rustique. A l'intérieur, dans une vitrine, il y avait des poissons qu'on pouvait choisir et faire griller. Christoph s'est aperçu qu'il ne pouvait pas payer, il n'avait que des marks sur lui. J'avais ma carte de crédit, le restaurant l'acceptait. Enfin je pouvais payer quelque chose. Ça me mettait mal à l'aise que Christoph paie toujours tout.

Spontanément, j'ai voulu négocier quel poisson commander, le patron m'a dit :

-« *Faites-moi confiance, je vous en choisis des bons.* »

J'ai bien senti qu'il était assez macho, mais là non plus, je n'avais pas de critère pour décider quel poisson serait le meilleur. Christoph était choqué, il trouvait que j'avais trop laissé le patron, il s'appelait Manolis, prendre les choses en mains. Christoph jaloux, je n'avais pas encore vu ça. Il en a reparlé à plusieurs reprises ; des années plus tard, il me reprochait encore mon abandon à Manolis.

Comme moi, il a apprécié le goût de grillé et la chair exquise du poisson, arrosé d'un vin blanc frais.

Le lendemain, je me suis réveillée avant lui, j'en ai profité pour méditer une vingtaine de minutes. Depuis que j'avais appris à le faire, tous les jours j'essayais de trouver le temps, le matin en général j'y arrivais. C'était un moment précieux de présence à moi-même, de contact avec un centre en moi qui me pacifiait. Christoph acceptait et respectait ce moment.

Ensuite je l'ai réveillé, il était déjà tard, on a failli manquer le petit déjeuner qui finissait à 10 heures. Puis on est allés à la plage, il suffisait de traverser la rue devant l'hôtel. Une plage de sable, avec ça et là des parasols en paille tressée. Il fallait entrer dans l'eau avec précautions, à cause des petits cailloux, mais une fois dans l'eau tiède, c'était divin. On a joué ensemble : il m'a bercée dans l'eau, et puis à mon tour, je l'ai bercé, je trouvais extraordinaire de tenir ce grand corps d'homme qu'autrement je n'aurais pas pu soulever.

Quand il est sorti de l'eau, j'ai continué à nager, et puis je me suis couchée sur l'eau, je me laissais bercer par la vague sans bouger. Christoph n'en revenait pas, il disait que je devais avoir un pouvoir magique.

Vers 13 heures j'ai eu faim, Christoph n'en ressentait pas autant le besoin mais il a accepté de manger aussi. Dans une cafétéria de style moderne à côté de la plage, on a pris des bols de salade grecque, avec du fromage feta et des olives noires. C'est Christoph qui a fait la vinaigrette, j'ai aimé la façon dont il dosait l'huile et le vinaigre et goûtait, jusqu'à ce qu'il trouve qu'elle était bien. En mangeant, on a commencé à se parler de notre enfance : après tout c'était des vacances pour apprendre à se connaître.

On est rentrés à l'hôtel, dehors il faisait très chaud, dans notre chambre les stores vénitiens en bois laissaient passer une lumière ambrée. Christoph avait apporté dans ses bagages des petits chandeliers en métal doré et des bougies. Il les a disposés sur la commode basse devant le miroir, il a ajouté un morceau de branche sculpté par la mer qu'il avait trouvé sur la plage, c'était comme un objet d'art. Il a mis aussi des coquillages et des fleurs. Notre chambre a tout de suite eu un caractère différent. J'aimais regarder cet arrangement, il s'en dégageait une impression de beauté et d'harmonie.

Dans les draps frais, on a fait l'amour avidement, on s'est touchés, humés, goûtés. J'avais un immense besoin de m'abandonner, de me laisser emporter. Je lui laissais l'initiative, j'avais confiance en son intuition, il sentait les choses, je n'avais qu'à me laisser aller.

On a prolongé les caresses jusqu'à ce que la tension nous amène au paroxysme, et puis on s'est blottis l'un contre l'autre, dans ce moment d'éternité où la paix de l'âme et du corps se fondent.

Quand on est ressortis, les touristes avaient quitté la plage. Elle nous appartenait durant ce moment de la journée que nous trouvions le plus beau, quand le soleil bas à l'horizon baigne tout d'une lumière dorée. On a marché sur la plage, la main dans la main.

On est retournés en ville. Après le repas, on a marché dans les rues étroites. On a découvert le port de plaisance et ses centaines de bateaux à voile, on aimait cette ambiance au coucher du soleil, le bruit des câbles qui claquent au vent sur les mats.

J'avais remarqué que beaucoup d'hommes portaient un pantalon blanc. Moi, je portais aussi du blanc, et des couleurs vives, du bleu turquoise, du rouge. Je lui ai suggéré de s'acheter aussi un pantalon blanc, on est allés dans les magasins et il en a trouvé un qui lui allait bien.

Dans une rue étroite de la vieille ville, on a entendu de la musique. On est entrés dans un immeuble, on a descendu quelques marches. Il faisait sombre, les tables étaient rustiques. Sur la scène, des musiciens jouaient avec âme des mélodies typiquement grecques, à la fois entraînantes et mélancoliques. J'ai vu des bouzoukis et d'autres instruments que je ne connaissais pas. On s'est assis et on a écouté cette musique envoûtante, des gens se sont mis à danser en cercle. L'ambiance nous fascinait. Il aurait fallu partir pour attraper le dernier autobus, on a décidé de rester et de rentrer plus tard en taxi. Puis, je me suis sentie fatiguée. Christoph était réticent à partir, mais il a accepté ; dans la rue il m'a embrassée avec fougue et m'a dit qu'il était ravi de vivre ça avec moi, et on est rentrés.

Les premières journées se sont passées ainsi, le matin la plage, puis la sieste, la plage de nouveau et puis le soir la ville. Au long des journées, on se racontait un peu de nos vies, comme ça nous venait. J'avais le sentiment qu'il écoutait vraiment, je me sentais comprise comme jamais auparavant. Tous les jours on faisait l'amour, on ne se rassasiait pas l'un de l'autre.

Un jour, on s'est préparés pour aller en ville. Je ne m'étais pas rendue compte que le t-shirt que je portais laissait voir la pointe dure de mes seins. Christoph m'a dit que mes seins l'attaquaient, il m'a embrassée voluptueusement et on a refait l'amour. Quand on s'est réveillés, il était onze heures, trop tard pour aller en ville. Alors, on a mangé une pizza près de l'hôtel.

Après quelques jours, il a suggéré qu'on aille découvrir l'île voisine, on y passerait une nuit. On a pris le bateau pour Kos. Quand on est arrivés, j'ai voulu qu'on cherche tout de suite un hôtel pour la nuit, j'avais peur qu'on n'en trouve pas. Il n'était pas inquiet mais il a été d'accord; on a loué une chambre dans une auberge tenue par des Danois, propre et agréable.

On s'est promenés près du port, on a flâné dans un marché, j'ai essayé des chapeaux de paille, Christoph m'en a offert un. Il était ravi :

- « *Il te va bien, t'as pas idée, une vraie Parisienne.* »

Il n'arrêtait pas de tourner autour de moi, de me regarder, de me dire que j'étais belle.

Cet après-midi-là, on s'est assis à un café, dehors. En sirotant une boisson Christoph a parlé de ses vacances de ski avec Edith. Chaque année, ils partaient deux semaines en montagne. Il a décrit avec enthousiasme la beauté des paysages, le plaisir du ski, les soirées avec des amis devant un feu de bois. Plus il parlait, plus je me sentais triste, j'avais l'impression qu'il me parlait d'un paradis inaccessible. Ça me révélait aussi ce qu'il avait en commun avec sa femme, que je n'avais pas. Je me suis mise à pleurer. Il a été surpris, il a essayé de me consoler. Je n'ai pas réussi à lui expliquer ce qui se passait en moi.

Pour Christoph, c'est quand on a parlé de ma relation avec Bernard qu'il a trouvé ça difficile. C'était après l'excursion à Kos, on était dans l'autobus qui nous amenait à Lindos, de l'autre côté de l'île. Il voulait comprendre pourquoi je disais qu'elle n'était pas satisfaisante. J'essayais de lui expliquer le manque de communication, le problème d'alcool, ça ne passait pas. Ce que je disais ne le convainquait pas. Il ne pouvait pas s'imaginer que je pourrais un jour quitter Bernard. Il était tellement inquiet, je me sentais impuissante à le rassurer. J'ai fini par suggérer qu'on parle d'autre chose, heureusement l'arrivée a fait diversion.

A Lindos, on a découvert un paysage différent, des falaises ; on s'est baignés dans une grande baie d'où on voyait les fortifications, c'était grandiose. On a nagé dans l'eau tiède. Je l'ai pris dans mes bras. On s'est embrassés. Il a fini par se calmer.

On a fait d'autres excursions sur l'île de Rhodes. Christoph se renseignait auprès d'autres touristes sur les endroits intéressants. Une fois, on est allés à une plage peu connue, dont quelqu'un lui avait parlé. Après être descendus de l'autobus, il fallait marcher une demi-heure au grand soleil, le chant des cigales était assourdissant. Quelqu'un vendait des morceaux de pastèque au bord de la route, on en a aimé le goût rafraîchissant. On a été récompensés par une plage superbe, rien que pour nous.

Les derniers jours à l'hôtel, Christoph a voulu qu'on aille au bord de la piscine, moi, je préférais la mer, mais j'y suis allée pour lui faire plaisir. Je me reposais, allongée sur une chaise longue, les mains sur le ventre. Il est venu et a commencé à me photographier. Jusque là il n'avait pas pris de photos, ça ne lui venait pas, mais ce jour-là une sorte de frénésie s'est emparée de lui. Il n'arrêtait pas de tourner autour de moi, de me prendre sous tous les angles, avec le chapeau, puis en gros plan.

- *« Tu sais ce que je fais maintenant ? Je suis en train de te faire l'amour. »*

On s'était grisés l'un de l'autre pendant ces deux semaines, rivés l'un à l'autre. On avait tout fait ensemble. Au moment où il se tournait vers la photo, j'ai commencé à noter des pensées. J'exprimais l'amour que je ressentais :

« Je n'ai jamais eu autant le sentiment que je peux parler et être comprise, que mon corps est intégré, mon sexe vivant. Jamais vécu une relation aussi pleine, aussi complémentaire, aussi satisfaisante. Jamais autant aimé un homme, son corps, ses yeux, sa voix, sa façon d'être avec moi, attentif, intelligent, actif, abandonné autant que moi. »

Je me suis rendu compte aussi que je m'étais fondue dans cette relation. En formulant mes impressions, j'ai repris contact avec moi-même, j'ai écrit que je voulais devenir moins symbiotique.

Christoph avait dit qu'un jour il aimerait vivre avec moi. Je me demandais si nous pourrions relever le défi du quotidien qui, dit-on, tue sinon l'amour du moins la passion. Une relation sensuelle forte était-elle compatible avec la stabilité ? Les amours passionnées que j'avais connues avait été secrètes, les rendez-vous amoureux coupés du quotidien, des courses à faire et des poubelles à sortir. Elles n'avaient duré qu'un temps.

Je ne voulais pas accepter cela comme une fatalité. Ce que je souhaitais, c'était vivre la passion dans la continuité. Étais-je en train de chercher l'impossible ?

De retour à Osnabrück, on est allés tout de suite à la campagne. Christoph avait emprunté à un ami une chambre dans une grande maison à toit de chaume que se partageaient plusieurs personnes. Elle était entourée de quelques arbres, au milieu d'un champ. A deux cents mètres on voyait un canal où passaient des bateaux.

Le premier soir, on a fait les lits, il m'a enseigné comment mettre les enveloppes de couette, il avait appris ça de sa mère. Il fallait tourner l'enveloppe à l'envers, tenir les coins et les poser sur les coins de la couette, pour retourner l'enveloppe de façon à recouvrir la couette, et fermer. Je sentais qu'il m'initiait à une nouvelle culture, dont il était très fier d'ailleurs. Il détestait les draps et les couvertures que nous avons chez nous.

Il faisait chaud. Cet été-là il a fait une chaleur exceptionnelle dans toute l'Europe. On a pris le petit déjeuner dehors, à une table en bois couverte d'une nappe à carreaux bleus.

Après deux jours, Christoph a voulu m'emmener à Paris. L'idée ne m'enchantait pas. Je trouvais l'endroit tellement joli, pourquoi partir ? Mais il semblait y tenir. On a fait nos bagages, les préparatifs ont duré pas mal de temps, on est partis en fin de matinée. Après une heure de route j'avais faim, on s'est arrêtés dans un restaurant qu'il connaissait.

Pendant le repas, j'ai enfin osé demander pourquoi il voulait absolument aller à Paris.

- « *Tu sais une grande ville en été, le béton, les voitures, alors qu'il fait si beau à la campagne, ça ne m'enchante pas.* »

Il a été surpris.

- « *Je voulais te faire plaisir, t'offrir le meilleur de l'Europe. Alors tu n'as pas envie d'y aller ?* »

- « *Pendant une autre saison oui, mais en ce moment, je préfère la nature.* »

On a rebroussé chemin. On a passé des journées exquises dans la maison près du canal. J'ai fait la cuisine, préparé des tas de légumes. Un jour, on s'est assis à l'ombre des arbres près de la maison, il m'a montré des albums photos. Un moment précieux, où il me parlait de sa famille, me disait son amour pour ses parents, ses enfants. Je me suis levée parce que j'avais quelque chose sur le feu, alors il a pris une photo des deux chaises rustiques, dépareillées, encore chaudes de l'échange qu'on venait d'avoir, les albums posés par terre.

On s'est baignés dans un lac des environs. Il n'y avait pas beaucoup de monde, c'était comme les lacs du Québec. J'ai adoré ça.

On est allés à Osnabrück quelques fois. Un jour qu'il devait aller chez lui, je l'ai attendu dans la voiture. J'ai baissé la vitre de la portière, humé l'air doux. Je laissais flotter mes pensées. Dans le calme de cette rue paisible, ombragée, je me suis sentie imprégnée de tout ce que je venais de vivre. Une vague d'émotion est montée en moi. Cet homme, je l'aimais. Sa qualité de présence, son amour attentif, nos échanges où je me sentais proche, c'est ce que j'avais cherché si longtemps. J'ai su que je voulais vivre avec lui.

En fin de soirée, on est allés à une crêperie sur la place de marché. L'air doux si tard le soir, il m'a dit que c'était rare à Osnabrück. On s'est assis à une table dehors. Il était tout fier de commander une crêpe «Montréal», avec du sirop d'érable et des noix de Grenoble. Je n'aime pas beaucoup le sucré, j'ai commandé une crêpe au fromage. A la table près de nous, j'ai vu un couple d'âge moyen. La femme regardait son mari d'un air aimant, je l'ai trouvée belle.

Sans lui

Je suis arrivée à Montréal le 19 juillet. Bernard est venu me chercher à l'aéroport avec Anne-Marie et Pascale. Ça me faisait tout drôle, j'étais encore ailleurs.

Le lendemain de mon retour, je me suis réveillée à cinq heures. Je suis allée marcher le long du golf, là où il y avait beaucoup d'arbres. Les oiseaux chantaient à pleine gorge. D'habitude, je ne me levais pas assez tôt pour entendre leur concert matinal. Dans la fraîcheur de l'aube, je les ai écoutés avec ravissement.

Je me sentais plus sensible à tout ce que je regardais. Je percevais mes enfants différemment, je voyais ma vie avec des yeux nouveaux.

Le lendemain à mon travail, je n'arrivais pas à me concentrer. Je suis rentrée à la maison à midi. J'ai défait ma valise, lavé du linge. J'essayais de reprendre pied dans ma vie, dans mon quotidien.

Un mois après mon retour, j'ai reçu un paquet. Un album en jute jaune, sur chaque page une grande photo, entre les pages une feuille de papier parchemin. Au début, mon chapeau posé à plat, une rose rouge sur le rebord. Comme titre il avait écrit : « *Hommage à nos vacances, à nous.* »

Tout y était : la plage au soleil couchant, les bougies et les fleurs devant le miroir, les stores vénitiens laissant filtrer le soleil, les rues de Rhodes pavées de galets colorés, les hommes assis au café, nous dans nos pantalons blancs, détendus et heureux devant les bateaux à voile du port, l'enseigne de chez Manolis. Puis la campagne allemande, la table du petit déjeuner devant la maison, les chaises en bois et les albums par terre.

Surtout des photos de moi, sous tous les angles : debout ou allongée sur une chaise longue, ma main aux ongles rouges reposant sur mon ventre ; mon visage souriant en gros plan ; ma figure à demi ombragée sous le chapeau, mes lèvres sensuelles ; le grain de peau de mon épaule. Un poème d'amour. Jamais je n'avais été si belle, jamais personne ne m'avait regardée de cette façon.

Je tournais les pages une à une, je m'extasiais, je poussais des oh et des ah. Pascale me regardait en souriant d'un air perplexe.

J'avais envie de continuer à échanger avec Christoph. Je lui ai écrit presque tous les jours, après trois ou quatre jours, je postais les lettres. Comme un journal, je racontais ce que je vivais, mon désir de lui, ma peine d'être séparée, mes accès de découragement, mes bons moments aussi. J'avais l'impression de garder avec lui le contact étroit qu'on avait eu, de tout dire avec la certitude qu'il comprenait, qu'il était avec moi.

Lui aussi m'écrivait presque tous les jours. Il m'a raconté qu'à son retour les enfants s'étaient précipités sur lui, ils avaient roulé ensemble sur le tapis en riant. Il espérait qu'ils n'avaient pas trop souffert de son absence. Il observait que les enfants vivaient dans le moment présent, qu'ils oubliaient vite. Il souffrait de la froideur de sa femme, distante, elle ne voulait plus rien savoir de lui. Puis plus tard, quand un ami était venu, elle s'était radoucie, ils avaient pu échanger un peu.

Il me disait ses émotions au jour le jour, son besoin de moi, qu'il m'aimait et que je lui manquais terriblement. Il disait ses moments de tristesse. Il parlait de sa situation professionnelle, des décisions qu'il aurait à prendre. Il réfléchissait à la possibilité d'obtenir un contrat dans une université à Montréal, pour venir vivre avec moi.

J'étais touchée qu'il pense en ces termes, mais pour moi, ça n'avait pas de sens. Il m'apparaissait déjà que si un de nous deux devrait changer de pays, ce serait moi. A cause de ses enfants d'abord, ils avaient besoin de leur père, et lui d'eux. Et puis, je ne croyais pas qu'il pourrait recommencer une vie professionnelle au Québec.

Ma situation était différente. Mes enfants avaient atteint l'âge adulte. Anne-Marie venait de se marier, c'était son mari qui s'occupait d'elle désormais. Quant à ma profession, elle ne me satisfaisait pas vraiment. En tant que conseillère pédagogique, j'avais des doutes sur mon rôle : je pouvais suggérer des stratégies d'enseignement, je ne savais pas si les enseignants les appliquaient, si j'étais utile. La partie administrative de mon travail ne m'apportait pas beaucoup de défis. J'aimais enseigner le français, peut-être pourrais-je le faire en Allemagne. J'étais attirée par la perspective de vivre autre chose, dans un pays différent.

L'idée de m'engager sans retour me faisait peur, alors j'ai pensé à prendre un congé de mon travail sans le quitter pour de bon, six mois peut-être. Pour cela, il faudrait d'abord qu'il clarifie sa situation avec sa femme. Je guettais dans ses lettres une indication en ce sens, je n'en trouvais pas. J'avais l'impression qu'il composait tant bien que mal avec elle.

Je pensais tout le temps à lui. Je me sentais reliée, j'avais l'impression de ressentir les mêmes choses que lui. Jamais je n'avais éprouvé une telle certitude face à un homme. Je voulais être avec lui, vivre avec lui. Je n'éprouvais pas de doutes destructeurs, sauf une certaine peur de trop me donner, de perdre mon centre.

C'était terrible d'être séparée de lui. Mais je ne voulais pas m'abîmer dans la tristesse. Je voulais vivre, être heureuse, profiter de ce qui s'offrait à moi, de l'été exceptionnellement beau et chaud. Je devais travailler, je n'avais plus de vacances, alors chaque fois que je pouvais en fin d'après-midi j'allais à la piscine extérieure, près du fleuve. Ce n'était pas la mer mais c'était bon quand même. A cette heure tardive, il n'y avait pas beaucoup de monde. Je sentais l'air chaud sur ma peau, je goûtais le plaisir de nager, de mon corps en mouvement.

J'avais besoin d'entendre sa voix. Je ne pouvais pas lui téléphoner souvent, ça coutait très cher. Un soir, je n'y ai plus tenu, je l'ai appelé. Après notre conversation, à la nuit tombante, je suis allée marcher le long du fleuve, là où le ciel est vaste au dessus des îles. Je me sentais en harmonie, en unité avec lui. Vibrante d'émotion, je sentais quelque chose de magique dans l'air. Je voyais les bateaux glisser sans bruit dans le canal, irréels, avec en fond de scène les gratte-ciels de Montréal. Une nouvelle vie commençait, tout était possible.

Un week-end, Bernard m'a proposé d'aller au Parc du Mont Orford, on ferait un pique-nique, on se baignerait et on assisterait à un concert au Camp des jeunesses musicales. Il était seul, j'étais seule, pourquoi pas ? J'ai accepté. Je n'y ai pas vraiment pris plaisir. Je ressentais de façon encore plus aigue qu'avant la difficulté de vraiment communiquer avec lui. Je ne pouvais pas être moi-même, notre échange était formel, superficiel.

Par la suite, je n'ai plus eu envie d'être avec lui, j'ai passé beaucoup de temps avec Colette, je pouvais lui parler tant que je voulais de mes amours. A un moment, la peine que j'avais refoulée est remontée d'un seul coup. Je suis tombée dans la tristesse comme dans un lac. J'avais mal de ne pas être avec lui. J'ai pleuré, sangloté. Comment vivre l'absence, quand j'avais besoin de toucher, d'embrasser, quand je ne pouvais pas agir ? Colette m'a écoutée, elle comprenait.

En août j'ai eu l'idée de lui envoyer un cadeau pour son anniversaire début septembre. Dans les marchés de Kos, il avait regardé des chaines en argent, il n'en avait pas trouvé qui lui plaisait. Je suis allée chez le meilleur bijoutier de la ville. Ils n'en avaient que deux pour hommes. J'ai choisi celle que je trouvais la plus jolie et je la lui ai envoyée, avec un mot :

« Quand tu la sentiras autour de ton cou, puisse-t-elle te rappeler la caresse de ma main sur ta peau. C'est une chaîne, vois-tu ? pour que tu n'échappes plus jamais au charme que je t'ai jeté. »

Après l'avoir envoyée, je tremblais de mon audace, je ne connaissais pas vraiment ses goûts. Je n'arrêtais pas de demander à Colette si elle pensait que mon cadeau lui plairait. Elle s'est un peu moquée de moi. Finalement, il m'a appelée, il était content, la chaîne ne l'a plus jamais quitté.

Il fallait que j'apprenne sa langue, ça me paraissait évident. Je me suis inscrite à des cours à l'Institut Goethe, une heure et demie deux fois par semaine. C'était ma quatrième langue : en plus de l'anglais enseigné à l'école, j'avais appris l'espagnol quand j'avais vingt ans, je m'en étais servie dans des voyages à Cuba et en Equateur, et aussi à l'occasion dans mon travail auprès des immigrants.

J'ai eu plaisir à découvrir les sons et les répéter, à pratiquer de nouvelles façons de dire les choses qu'on apprend au début, comment se présenter, les verbes être et avoir. Ça me plaisait, comme un nouveau jouet.

Christoph avait mentionné la possibilité de venir me voir à Montréal au début de septembre, et puis ça n'a pas été possible. Déçue, je me préparais à l'éventualité de ne pas le voir avant des mois. A la mi-septembre il est allé en Autriche avec sa famille, des vacances planifiées depuis longtemps : sa femme participait à un congrès de médecine, lui, il s'occupait des enfants.

Puis il m'a annoncé qu'il allait venir à la mi-octobre, pour 10 jours. J'ai retrouvé mon énergie, je me suis mise à planifier ce qu'on ferait. Colette m'a proposé de me prêter de nouveau son appartement, elle pourrait habiter chez moi pendant ce temps. J'ai accepté avec enthousiasme. Mon mari et mes enfants ont accepté.

J'avais beau être sûre de son amour, il me l'avait tellement exprimé dans ses lettres, en me rendant à l'aéroport, je me demandais comment ça serait de le revoir, si l'attirance serait encore là. A son arrivée, il m'a prise dans ses bras, m'a embrassée fougueusement, sa main déjà sur mon sein. Je me suis dérobée, les gens pouvaient nous voir, mais j'étais ravie.

A l'appartement de Nicole, on a retrouvé la chambre accueillante, le bouquet de fleurs sur la table de nuit, les rideaux devant les fenêtres à travers lesquelles on voyait les feuilles dorées de l'automne.

Enfin on a pu se toucher, s'embrasser, se fondre l'un dans l'autre. Je n'avais pas eu raison d'avoir peur, notre attirance était toujours là. Après l'amour, il s'est endormi. Pour moi il était encore relativement tôt, je suis restée allongée contre lui, pacifiée, heureuse.

Le premier jour j'avais pris une journée de congé. On a organisé notre vie ensemble, fait des courses, acheté du vin. Il m'a aidée à préparer le repas, il a mis la table avec soin, disposé une fleur, des bougies, il a mis des coussins sur les chaises en bois. Dans l'appartement qui était meublé avec goût, il a changé quelques lampes de place, sensible à l'éclairage, comme moi.

Après le repas, on est resté à parler en se tenant la main, et puis tout naturellement on s'est retrouvé au lit. Je ne me rassasiais pas de me blottir dans ses bras, de goûter ses caresses. Dans la douleur de l'absence, je m'étais raidie, je m'en suis aperçue quand j'ai commencé à m'adoucir de nouveau, sous l'effet de son amour, de sa présence.

On est allés au Mont Saint-Hilaire, on a fait de longues promenades dans la forêt. Il a adoré le lac, les couleurs de l'automne, la vue du haut de la montagne. Il a pris beaucoup de photos de la nature, peu de moi. C'est seulement bien plus tard qu'il m'a avoué que dans mes vêtements d'automne, pantalons et bottes, je paraissais trop masculine.

On est allés voir les vergers à flanc de montagne, on a cueilli des pommes. Un soir, je l'ai amené chez mes parents, je voulais qu'ils le connaissent. Ils l'ont bien accueilli, je crois qu'il les a charmés par sa façon de parler français, un tantinet maladroite, et son accent que je trouvais mignon.

Les jours où je travaillais, Christoph a eu des rencontres avec des collègues de l'université et il a fait des recherches en bibliothèque. Je suis allée à mon cours d'allemand, comme d'habitude, le lundi et le mercredi.

Trois jours avant son départ, il y avait un Congrès sur l'enseignement des langues à Québec. Je devais y assister. Il m'avait demandé de lui faire envoyer une invitation, pour inclure cela dans son voyage professionnel. On y est allés ensemble. Pendant le congrès on n'a pas toujours assisté aux mêmes présentations, on s'est retrouvés le soir. On a pris une chambre au Château Frontenac. Je n'y avais jamais logé, j'avais l'impression de me choyer. Le samedi on a visité ensemble la vieille ville de Québec.

Pendant le trajet de retour vers Montréal, il m'a redit combien il se sentait attaché à moi, et je l'ai senti si sincère, je ne pouvais pas en douter.

Il a fallu de nouveau se séparer. Son séjour m'avait paru bien court. Tout de même sa présence m'avait attendrie de nouveau, m'avait rendue vulnérable, j'aimais cette douceur en moi.

A cause d'elle, je me suis sentie plus proche de mes enfants et de Bernard quand je suis rentrée à la maison, et j'ai perçu qu'ils étaient contents de me revoir. Colette m'avait parlé de son impression que les enfants avaient besoin de ma présence, que je les considérais peut-être trop comme des adultes. Alors, j'ai voulu répondre à ce besoin. J'ai cuisiné un bon repas, on a eu plaisir à manger ensemble. Bernard a aidé dans la cuisine, il n'était pas frustré comme je l'avais craint.

J'ai repris ma vie habituelle, et puis trois jours plus tard j'ai reçu une enveloppe de Postes Canada, contenant une lettre d'excuses : « *L'envoi ci-joint est resté au fond d'un sac de courrier considéré vide, nous sommes désolés du retard apporté à sa livraison.* »

C'était une lettre de Christoph, datée du mois d'août. Il m'y faisait part d'une conversation avec Edith où ils avaient parlé de leur situation. Elle voulait divorcer, prendre les enfants et chercher un autre homme. Lui, il préférait attendre, ne pas bousculer les choses, même si son premier mouvement était d'accepter. Il voulait prendre conseil, mesurer les conséquences.

C'était exactement la lettre que j'avais attendue, espérée. J'étais estomaquée : ça n'arrivait que dans les romans des choses comme ça !

Enfin je savais qu'ils en avaient parlé, rien n'était décidé mais elle avait pris position, les choses étaient en marche. Je ne croyais pas qu'il en était déjà là. Pourquoi n'avait-il rien dit ? Il pensait que je savais, et depuis rien de concret ne s'était passé.

L'amour qu'on veut avoir…

Après le départ de Christoph, il m'a fallu plusieurs jours, et quelques conversations avec mes amies, pour m'avouer que j'avais des sentiments ambivalents et que je n'avais pas été aussi comblée que je l'avais espéré. J'avais eu trop d'attentes sans doute. Cela avait été différent des vacances. Je ne m'étais pas laissée aller, j'étais responsable, c'est moi qui organisais les choses. Peu à peu, j'ai pris conscience de ce qui était arrivé.

J'ai vu à quel point j'avais été anxieuse. J'avais voulu recréer les vacances, et je n'avais pas respecté ce que je ressentais vraiment. Quand il est arrivé, je ne savais plus si je l'aimais, je ne le sentais plus. Je voulais l'aimer, j'avais peur de perdre mon amour pour lui.

L'amour qu'on veut avoir gâte celui qu'on a, c'est ce que j'ai écrit. Cela m'avait empêchée d'être pleinement présente à moi et aussi à lui, pas tout le temps heureusement. J'avais aussi vécu des moments de plénitude, plusieurs fois notre amour physique m'avait permis de me retrouver.

Je m'étais retenue de parler de sa situation avec Edith, même si j'y pensais. Je ne voulais pas mettre de pression. Mais ce faisant, j'avais gardé tout le poids de mon inquiétude.

J'ai vu aussi que je ne m'étais pas beaucoup exprimée. Je m'étais centrée sur lui, portée par son enthousiasme, j'avais beaucoup écouté. J'ai essayé de dire cela dans une lettre, que finalement je n'ai jamais envoyée. Ça m'était arrivé avant de me laisser fasciner quand j'étais amoureuse, de ne pas prendre ma place. Ce n'était pas sa faute, je ne voulais pas le rendre responsable.

Je me suis promis que je m'exprimerais davantage à l'avenir. Une tâche à laquelle j'ai travaillé pendant des années par la suite. Avec son énergie enthousiaste, il était convaincant, et avait tendance à penser que je voulais la même chose que lui. Ce n'était pas facile de m'affirmer.

Mais je connaissais aussi sa capacité d'écouter, et sa qualité d'attention à moi. S'il y avait un homme avec qui je pourrais apprendre, c'était lui. J'en avais eu la preuve. A un moment pendant son séjour, il s'était aperçu que je me forçais. Il ne m'avait pas rejetée, ni blâmée. Son attitude avait été si aimante, si compréhensive, elle m'avait permis de redevenir moi-même.

Il avait été plus proche que moi de ses émotions. Il m'a écrit que c'est la veille de son départ, après le congrès de Québec et notre longue conversation dans l'auto, quand il s'était laissé aller à pleurer son chagrin de devoir repartir, alors seulement il s'était senti en harmonie avec moi comme pendant les vacances. J'étais émerveillée qu'il soit aussi conscient de ce qu'il ressentait, aussi capable de l'exprimer. Je n'avais jamais vu ça chez un homme.

Je me suis rendu compte que je ne pouvais plus soutenir l'intensité avec laquelle j'avais vécu notre séparation après les vacances, quand je pensais à lui constamment, et cultivais une euphorie que l'absence rendait insupportable. Je trouvais de plus en plus difficile de maintenir le lien avec lui en étant si loin.

La réalité m'avait rattrapée. Je n'étais plus en symbiose. Il fallait que je tienne mon amour différemment, que j'apprenne à le mettre entre parenthèses, pour ainsi dire, sans avoir peur de le perdre. Colette m'a aidée à comprendre que cette crainte ressemblait à la réaction que j'avais dans les situations de crise, où je me figeais intérieurement, et ne ressentais plus rien.

Christoph a dû vivre quelque chose de semblable. Il m'a écrit qu'il se sentait moins proche de moi, et qu'en même temps il ne se sentait plus paralysé, il était davantage en mouvement.

J'ai retrouvé mon intérêt pour ma vie professionnelle : je me suis investie dans mon projet de recherche pour ma maîtrise, j'ai assisté à des séminaires de formation. Je collais plus à ma vie, je goûtais davantage les contacts avec mes enfants, ma sœur. J'appréciais mon quotidien, j'en voyais de nouveau la beauté.

Ma perspective a changé face à la possibilité d'aller vivre en Allemagne. Durant l'été, j'avais proposé de prendre un congé sans traitement. A ce moment-là, je vivais la peur qu'il n'arrive pas à se libérer de sa femme, j'étais impatiente. Dans nos lettres, on est revenus sur cette possibilité, on se demandait quand ça pourrait se faire.

J'ai commencé à considérer ce que cela impliquerait d'aller vivre avec lui. J'ai été prise de peurs, que je lui ai exprimées par lettre : peur des difficultés d'ajustement avec lui, peur qu'il n'ait pas assez de temps pour moi. Je savais bien qu'il serait pris par sa vie professionnelle, sa vie de famille, nous serions dans des situations très différentes, je n'aurais rien de tout cela. J'avais peur que notre relation ne compense pas tout ce qui me manquerait, ma famille, mes amis, mon travail. Arriverais-je à vivre dans ce pays étranger ? J'étais plus consciente des obstacles à surmonter. A un moment, j'ai écrit :

« *Est-ce que la dure réalité n'aura pas raison de nous, de ce fragile amour qui dérange tant de choses ?* »

Ces peurs m'appartenaient, c'était à moi de me battre avec elles. J'y ai longuement réfléchi, et j'ai vu que j'avais perdu ma confiance en moi. Pour la retrouver, il fallait que je prenne de la distance. Du fait que

Christoph n'était pas là, j'ai pu me centrer de nouveau sur moi, redécouvrir ma propre valeur. J'ai repris mon pouvoir. Dans mon journal, le 11 novembre, j'ai écrit :

« Ce soir je me sens bien, calme, en possession de moi. Je sens que j'ai grandi d'un seul coup. Je n'ai plus peur. J'ai une impression de clarté, même si je n'ai pas toutes les réponses. J'ai envie de me donner le temps de les trouver, à mon rythme, à l'intérieur de moi.

Mon amour pour Christoph, mon projet de vivre avec lui, je les mets là, devant moi, je prends une distance, j'en fais le tour. Il y a beaucoup de choses à considérer. C'est la première fois que je me permets de remettre mon projet en question, au lieu d'y rester accrochée d'une façon anxieuse. J'accepte que peut-être ça ne marchera pas, je pourrais décider de ne pas y aller.

Je me revalorise à mes propres yeux, j'arrête de penser que je ne suis rien sans lui, je suis moi, j'ai ma valeur, mes qualités, mes défauts, mon potentiel. »

Cette prise de conscience a représenté un grand tournant dans ma relation avec Christoph. Un des pièges de l'amour, c'est d'en venir à penser qu'on n'a de valeur que par l'attachement de l'autre. Deux ans auparavant, ma fille avait eu un chagrin d'amour. En l'écoutant, j'avais senti clairement que ce qui lui faisait le plus mal, c'était le sentiment de n'être plus rien sans lui. C'est ça que j'avais vécu aussi la première fois que j'avais rompu avec un amoureux.

En prenant une certaine distance, je me suis libérée de la pression que j'avais mise sur moi-même. Cela m'a donné l'espace dont j'avais besoin pour retrouver les raisons pour lesquelles je voulais tenter l'expérience de vivre avec lui. J'ai redécouvert d'une autre façon tout ce qui nous rapprochait.

J'ai reconsidéré mes craintes et réfléchi à la façon dont je pourrais éviter qu'elles se réalisent, comment je me créerais des occupations, je prendrais des cours, je chercherais à me faire des amies qui parleraient français.

Ce faisant j'ai repris courage, je ne me suis plus sentie impuissante. Je ne doutais plus que j'y arriverais.

Je me préparais par les cours d'allemand que je continuais à prendre avec plaisir. Ils me stimulaient, j'apprenais facilement, ce qui me donnait aussi un sentiment de confiance en moi. Je retrouvais le goût de vivre une réalité différente, autre chose que mon quotidien trop connu dans ce pays que je n'avais jamais quitté. J'ai découvert que plusieurs personnes que je connaissais au travail avaient déjà appris l'allemand. Celles qui étaient allées en Allemagne avaient beaucoup aimé leur séjour, elles avaient trouvé les gens chaleureux et ouverts.

J'avais besoin d'être rassurée sur son amour. Dans ses lettres, belles comme des poèmes, il me disait abondamment qu'il m'aimait, qu'il me désirait. Il savait que si nous étions ensemble, je lui donnerais la chaleur et le réconfort dont il avait besoin. Il écrivait fidèlement ; même quand il a fait une amygdalite aigue, malgré la fièvre, il m'a écrit en s'excusant de son écriture tremblée, pour que je ne reste pas sans nouvelle de lui.

Il me parlait de sa vie, de son quotidien. Il était pris par son travail, désolé de ne pas être assez préparé pour ses cours. Il lui manquait la paix profonde, a-t-il écrit. Sa femme était partie deux semaines, il s'était occupé des enfants, il avait fait des courses avec eux au marché et au magasin d'aliments naturels où il avait acheté du riz brun et du tofu, que je lui avais fait connaître et qu'il aimait beaucoup. Il avait fait des crêpes aux bleuets en souvenir de celles que j'avais préparées.

Il me donnait des indications précieuses pour moi sur les pas qu'il était en train de faire. Il avait commencé à explorer sa tristesse de perdre Edith et ce qu'il appréciait avec elle. Il était conscient de sa propre résistance au changement. *Il faut que je passe par ce processus, je sais que c'est difficile pour toi, sois patiente, reste avec moi, je t'en prie.*

Moi, je lui écrivais à mesure, mes craintes, mes moments de courage, mon goût de vivre avec lui le plus tôt possible. Je lui disais aussi de prendre le temps dont il avait besoin. Il a bien perçu ma contradiction, dans une lettre il me l'a montrée. J'ai admis qu'il avait raison : j'exprimais ma hâte, pourtant j'étais consciente comme lui qu'il ne pourrait être pleinement avec moi qu'une fois surmontée sa séparation d'avec sa femme.

Au moment où je sortais à peine de ma période de craintes, j'ai écrit que je nous donnais une autre chance, ce qui l'a pas mal irrité. Avions-nous besoin d'une autre chance ? Il ne semblait pas connaître les hauts et les bas que je vivais par rapport à notre relation, il restait stable, certain de son amour pour moi.

De temps en temps, on se parlait au téléphone. Sa voix chaude m'enveloppait, il savait me rassurer, je me sentais aimée, désirée. J'en gardais le souvenir en moi pendant des jours. Une fois, après lui avoir parlé, je me suis sentie particulièrement sensuelle. J'ai mis le disque de Getz et Gilberto qu'il m'avait donné, j'ai dansé voluptueusement, puis je me suis couchée avec le souvenir de ses bras autour de moi, quand on s'endormait blottis l'un contre l'autre.

Je n'osais pas parler de Noël, je n'étais pas sûre s'il souhaitait que je vienne. Je ne savais pas qu'il était pris par son travail et ne pensait pas à planifier. Quand il a enfin demandé si je viendrais, il était un peu tard pour les billets d'avion. Il ne restait une place que pour le

27 décembre. Je l'ai réservée tout en me faisant mettre sur la liste d'attente du 24.

Il m'a écrit que sa femme voudrait me rencontrer quand je viendrais. Il avait parlé de moi à ses enfants, ils avaient hâte de me connaître. Il avait aussi commencé à chercher un appartement.

Je me suis préparée à le revoir. J'avais hâte d'être dans ses bras, en même temps, je me demandais comment ce serait cette fois. Je ressentais un mélange de crainte et d'anticipation joyeuse. J'espérais que la magie serait là de nouveau et que cette fois je saurais mieux m'exprimer.

A bras ouverts

Finalement j'ai obtenu une place d'avion pour le 24 décembre. Colette est venue avec moi à l'aéroport. Au guichet, elle a parlé avec l'agent :

- « *Est-ce que vous ne pourriez-pas la mettre en classe affaires ? Je sais que vous le faites toujours parce qu'il manque des places en classe touriste. Pourquoi pas elle ? Allez, soyez gentil, c'est Noël !* »

La coquine a réussi. J'ai voyagé en classe affaires, j'ai apprécié le confort des sièges, le champagne et le repas raffiné, ça m'a donné le sentiment de fêter déjà.

D'Amsterdam j'ai pris le train pour Osnabrück. Trois heures et demie de trajet pendant lesquelles j'ai dormi un peu, recroquevillée sur le siège, j'étais seule dans le compartiment. La fatigue m'avait rattrapée et en même temps, j'étais excitée.

A la gare, Christoph m'a tout de suite dit que sa femme m'invitait chez elle, il m'a demandé si je préférerais y aller ce jour-là ou le lendemain. Je l'ai regardé, incrédule. Il avait parlé de cette possibilité, je ne m'attendais pas à ce que ce soit si rapide. Je ne pouvais pas imaginer la rencontrer dans l'état de fatigue où j'étais. J'ai reporté au lendemain.

Christoph m'a amenée dans l'appartement qu'il avait loué d'un collègue pour la durée de mon séjour. Il avait préparé du saumon fumé, une baguette et du champagne allemand.

Le lendemain, nous sommes allés chez lui. Pas très grande, un peu rondelette, sa femme avait neuf ans de moins que moi. Elle m'a présentée aux enfants. La fille avait six ans, le garçon quatre. J'étais mal à l'aise. Ça m'était désagréable de penser que je séparais de si jeunes enfants de leur père. D'ailleurs, c'était à cause d'eux que, deux ans plus tôt, je lui avais dit de retourner vers sa femme.

Mais depuis, il y avait eu notre nouvelle rencontre, le lien qui s'était développé entre nous. Je ne pouvais pas non plus faire comme si ça n'existait pas. Je m'étais dit que quand les parents ne s'entendent pas, ce n'est pas bon pour les enfants non plus. Une situation claire, sans mensonge, était sans doute plus saine.

Je ne parlais pas assez allemand, on a communiqué en anglais. Elle ne le maitrisait pas aussi bien que son mari, mais elle se débrouillait. Elle a réussi à me dire, très directement, qu'elle m'avait invitée parce qu'elle ne voulait pas que les enfants se sentent déchirés entre leurs deux parents. Elle voulait qu'on ait des rapports normaux. J'ai pensé qu'elle avait dû voir des situations pénibles dans son travail auprès d'une organisation qui s'occupait des familles en difficulté. Elle était médecin, mais à cette époque elle ne pratiquait pas, c'était un travail bénévole.

A un autre moment, elle m'a dit que si je n'étais pas là, ils ne se sépareraient pas. Je n'ai rien dit. J'ai compris qu'elle voulait dire que malgré leurs difficultés de couple, ils seraient restés ensemble à cause des enfants.

Le temps était très doux à Osnabrück, il pleuvait tout le temps. Avec mes bottes fourrées et mon manteau d'hiver j'avais trop chaud. On n'a pas fait de promenades. Mais le mauvais temps importait peu. Il y avait toujours la magie d'être ensemble, le havre de ses bras, le refuge du lit douillet, le plaisir jamais épuisé de s'embrasser, de s'étreindre. Il avait une qualité qui me semblait rare chez un homme, en tout cas chez ceux que j'avais connus : il aimait me toucher, me prenait sans cesse la main, ne passait pas à côté de moi sans m'enlacer.

Christoph connaissait une voisine de l'appartement que nous occupions. Monica nous a invités à prendre le café un après-midi. Elle s'intéressait à l'astrologie, elle nous a proposé de comparer nos cartes astrologiques, à Christoph et moi.

Je m'étais tournée vers l'astrologie des années auparavant, pour tenter de comprendre mon destin et celui, difficile, de ma fille ainée qui souffrait d'épilepsie. J'avais consulté un astrologue qu'on m'avait recommandé. Je crois que la carte de ma fille avait représenté un défi pour lui, il avait l'air embêté et s'était lancé dans des explications que je n'avais pas bien comprises. Tout de même j'avais retenu deux choses : la première, c'est que les planètes ne causent pas la réalité, elles la reflètent. A cause de l'unité du cosmos, ce qui se passe dans l'univers ne diffère pas de ce qui se passe dans nos vies.

La deuxième, c'est que la réalité change constamment. Les planètes tournent, prennent de nouvelles positions. Dans nos vies aussi les choses évoluent, rien n'est fixe. Ça m'avait donné espoir que pour ma fille aussi les choses évolueraient, s'amélioreraient.

Monica nous a montré que si on superposait nos cartes astrologiques, il se dégageait deux phénomènes : d'une part nos signes solaires, très différents, lui Vierge moi Verseau, d'autre part notre ascendant commun, le Sagittaire. J'avais la planète Vénus à l'ascendant.

Cette explication m'a donné des grandes lignes qui m'ont satisfaite. Elle montrait les différences entre nous : lui, signe de terre, attaché aux détails, méticuleux ; moi, signe d'air, j'aimais une compréhension globale et je négligeais les détails. Je prenais des décisions rapidement, lui il avait besoin de comparer longuement les choix possibles. Les accrochages qu'on avait quelquefois étaient dûs à ces différences.

Notre ascendant commun, un signe de feu, son ascendant sur ma planète Vénus, planète de l'amour et de la beauté, ça reflétait ce que nous avions en commun, que nous sentions souvent les choses de la même façon, et rendait compte de la très grande attirance entre nous.

Nous avions encore quelques jours devant nous. Christoph voulait me présenter à ses parents, qui habitaient à Hambourg, à plus de 200 kilomètres. Il les a appelés. Il leur avait déjà parlé de moi. Il leur a demandé s'ils accepteraient de me rencontrer. C'était pour eux une situation difficile, ils connaissaient bien Edith, qui avait habité avec eux pendant ses études, ils l'aimaient bien.

Christoph ne voulait pas les bousculer, il leur a demandé d'y réfléchir. J'ai été frappé par le respect dont il faisait preuve. Ça me mettait à l'aise qu'il ne m'impose pas à eux. Ils ont rappelé, ils ont dit qu'ils se sentaient prêts. Nous sommes allés en voiture, ils nous ont accueilli chaleureusement dans leur petite maison pleine de meubles vieillots, elle une petite femme au visage rond empreint de bonté, lui un vieil homme au visage sévère qui s'illuminait quand il souriait. On a communiqué tant bien que mal, en allemand et en anglais, mangé le repas du soir traditionnel de pain et de fromages, et dormi dans le lit à étage en métal où Christoph avait dormi avec son frère. Je me suis sentie acceptée.

Quand je suis repartie, j'avais le sentiment qu'il s'était efforcé de me faire connaître sa vie, qu'il avait fait de la place pour moi et qu'il voulait vraiment que nous vivions ensemble.

Coup de pouce du destin

Je suis revenue des vacances de Noël enveloppée par le réconfort qu'il m'avait donné. Les premiers jours, j'avais l'impression de flotter, comme si je descendais lentement en parachute. J'ai senti que Bernard et Colette me trouvaient distante, je n'y pouvais rien, j'aurais voulu leur dire:

-« Je regrette, je ne suis pas encore là, je suis avec mon amour, je me sens bien dans ses bras. Désolée, quand j'arriverai je vous le dirai. »

Je suis allée faire du ski de fond à Chambly, il faisait un beau temps d'hiver, pas trop froid, j'ai goûté le paysage enneigé, le ciel bleu, l'éclat du soleil. Je le sentais avec moi.

Je lui ai écrit que nous étions tous deux dans la même situation, que nous voulions très fort vivre ensemble, mais que nous n'étions pas encore prêts à faire les pas nécessaires.

J'ai fini par revenir à ma réalité et au départ imminent de mon fils. Jean-François avait maintenant 19 ans et rêvait depuis des années de parcourir le monde, rien d'autre ne l'intéressait. Il avait essayé de faire un semestre au Cegep, il avait abandonné. En fait, il ne savait pas dans quel domaine il voulait faire des études. Je lui avais dit qu'il ferait aussi bien de se contenter, de tenter l'expérience, et peut-être qu'un jour il reviendrait en sachant ce qu'il voulait faire dans la vie. Il avait décidé de partir d'abord pour la Floride avec trois amis, dont sa copine.

Je l'ai aidé à se préparer, j'ai fait des courses avec lui, je lui ai acheté des vêtements. Ses amis et lui allaient se chercher du travail dans la restauration, il avait hâte, il était certain de réussir. J'avais un peu de crainte, mais je voulais lui faire confiance. Il a attendu mon anniversaire, qu'on a fêté tous ensemble. Il est parti le lendemain.

Pendant cette période, j'ai eu une conversation avec Bernard. Je lui ai dit mon intention d'aller vivre avec Christoph. Il a paru frustré. Il faisait des efforts, il avait cessé de fumer, il n'avait plus bu depuis la mi-décembre. Pensait-il me retenir ? J'ai quand même eu l'impression qu'il était assez lucide et qu'il voyait que ça ne marchait pas entre nous. Je lui ai dit qu'on n'allait plus vivre très longtemps ensemble.

Puis j'ai tenté de mesurer l'impact qu'aurait pour moi la décision d'aller vivre en Allemagne. Je suis allée voir une conseillère que j'avais connue pendant une thérapie de groupe qui m'avait fait beaucoup progresser. Je voulais être le plus consciente possible, je savais qu'elle pourrait m'aider. C'était une femme sensible et intuitive, elle me connaissait et avait une approche réaliste qui me plaisait.

J'ai dit d'entrée de jeu que j'avais décidé d'y aller. Comme toujours, elle m'a posé des questions concrètes. Est-ce qu'il avait quitté sa femme ? Quand j'ai répondu que non, elle m'a dit :

- *« J'ai peur que vous vous fassiez des illusions. Dans mon expérience de ce genre de situation, tant que le mari n'a pas vraiment fait le pas de quitter, il n'est pas certain qu'il le fasse jamais. »*

Elle m'a dit aussi que selon les statistiques, un homme restait rarement avec la femme pour laquelle il avait quitté son épouse.

Il me semblait que dans le cas de Christoph, c'était différent. Il faisait chambre à part, c'était presque une séparation, et puis il m'avait présentée à sa famille.

Tout de même, ce qu'elle a dit m'a ébranlée. De retour chez moi, je me suis souvenue d'une phrase que Christoph avait dite peu avant mon départ :

- « *Si tu n'étais pas là, je ne me séparerais pas de ma femme.* »

C'était presque mot pour mot ce qu'Edith m'avait dit.

Etait-ce une façon de me rendre responsable de leur séparation ? Je pensais que quand un couple va bien aucune femme ne peut le briser. Il devait y avoir une faille dans leur relation, sinon Christoph ne se serait pas tourné vers moi. D'ailleurs, il m'avait raconté que durant leur mariage ils avaient eu tous les deux des aventures, lui plus qu'elle. La naissance des enfants avait représenté un espoir de consolider leur relation. Mais dès que les enfants étaient arrivés Edith s'était absorbée dans son rôle de mère, Christoph avait eu l'impression de ne plus compter.

La rencontre avec la thérapeute avait fait l'effet d'une douche froide. Je me sentais lucide quand je lui ai écrit :

« *Je vois que la vie n'est pas insupportable avec Edith, puisque tu habites encore avec elle. Elle ne te satisfait pas, mais il y a encore assez de bons côtés pour que tu restes. Ton mariage devrait se terminer à cause de difficultés dans votre relation. Si la seule raison de la quitter c'est moi, alors ne le fais pas.*

Cela aurait été différent si tu avais déjà été séparé. J'ai besoin de plus de certitude.

Je choisis de me retirer de ta vie. Cela me brise le cœur mais je ne vois pas d'autre solution. Je prends la responsabilité de cette décision, mais j'aimerais que tu la prennes aussi avec moi. Tu as déjà dit que tu pourrais m'attendre des années. Un jour peut-être ? »

Je terminais la lettre en lui disant que je l'aimais.

En écrivant cette lettre, j'ai senti que je me figeais, j'étais comme gelée à l'intérieur. C'était aussi ma façon de réagir quand ma fille faisait une crise, je ne ressentais aucune émotion, je faisais ce qu'il fallait faire, c'est tout.

Deux semaines se sont écoulées, qui m'ont paru une éternité. Je continuais à vivre ma vie, à moitié présente, insensibilisée. Surtout ne pas y penser.

Puis il m'a appelée. Il n'acceptait pas la rupture, il voulait qu'on en parle. Il allait venir en mars comme prévu, il me demandait de lui suggérer un hôtel.

Du coup, je suis redevenue moi-même. C'était bon qu'il n'accepte pas. Il avait rétabli le lien, je ne me sentais plus séparée. J'avais toujours envie d'entendre ce qu'il me dirait, s'il me convaincrait qu'il ne me rendait pas responsable. Pour ça je pouvais attendre qu'il soit là.

Allais-je lui chercher un hôtel ? J'ai réfléchi à ma relation avec Bernard. Voulais-je continuer à cohabiter avec lui ? J'ai vu clairement que non. Sans savoir si ça marcherait avec Christoph, je préférais une situation nette.

J'ai demandé à Bernard de quitter la maison. Il a résisté, il ne voulait pas partir, il m'aimait toujours. Nous avons eu une longue conversation, finalement il a accepté. Avais-je raison de percevoir qu'il était presque soulagé ? Ça s'est fait très vite. En moins de trois semaines, il a loué un appartement dans l'immeuble où il habitait auparavant, récupéré les meubles qu'il avait apportés chez moi et ceux qu'il avait fait entreposer. Je l'ai aidé à déménager.

Un mois plus tard, j'ai dîné avec lui au restaurant : il était pétillant de vie, me parlait de spectacles qu'il avait vus, de contacts repris avec des amies.

Quand Christoph est venu le 14 mars, il a pu habiter chez moi. Il n'a pas eu beaucoup de mal à me convaincre qu'il ne me faisait pas porter la responsabilité de sa séparation. Je ne demandais qu'à le croire.

Je l'ai mis dans la chambre que Bernard avait occupée. Très vite, il s'est installé une table de travail, il y a mis ses papiers, quelques livres. Il s'intéressait à tout dans la maison, posait des questions. Il était présent d'une façon que je n'avais pas connue de la part de Bernard.

On a vécu la vie de tous les jours ensemble, j'allais au travail comme d'habitude, lui il avait des rendez-vous avec des collègues de l'université. J'ai continué d'aller à mes cours d'allemand à l'Institut Goethe, le lundi et le mercredi soir. Une semaine après son arrivée, j'ai appris une nouvelle prodigieuse.

A l'Institut, ils avaient offert une bourse dite de la Saint-Valentin : cinq semaines de cours intensif en Allemagne, le logement chez des habitants, la moitié du prix du billet d'avion. Pour l'obtenir, il fallait écrire une lettre exposant les raisons pour lesquelles on souhaitait apprendre la langue dans le pays.

J'avais conçu une lettre de deux pages et donné des raisons professionnelles : je voulais apprendre la langue dans le pays pour faire moi-même l'expérience de ce que vivaient les immigrants à qui nous enseignions le français au Québec ; je m'intéressais à leurs méthodes d'enseignement où je voyais un heureux équilibre entre l'apprentissage de la communication et la formation aux structures grammaticales. Bien entendu, je n'avais pas mentionné que j'avais un amoureux là-bas.

Ce soir-là, on m'a annoncé que j'avais obtenu une des deux bourses. Il y avait eu 42 candidatures. Je n'en revenais pas. J'avais fait la demande à tout hasard, sans vraiment y croire et sans le dire à Christoph. Ce jour-là je lui avais laissé la voiture, je suis rentrée à la maison par les transports en commun. Assise dans l'autobus, le cœur battant, je me demandais comment j'allais lui annoncer le nouveau coup de pouce que l'univers venait de donner à notre relation.

Je lui ai annoncé la nouvelle. Il a été surpris, il a posé beaucoup de questions. J'ai essayé de ne pas aller trop vite, d'expliquer comment c'était venu, l'offre de l'Institut, ma lettre, pour qu'il s'habitue à l'idée.

En fait, l'attribution de la bourse avait déclenché une avalanche de pensées en moi. Après les longs mois à m'interroger sur la possibilité de prendre un congé pour aller vivre avec lui, il me semblait que le destin nous tendait la main, nous donnait une occasion. J'ai commencé à lui présenter ce qui me venait :

- *« Je pourrais demander un congé d'un an de mon travail, et le prendre tout de suite après le cours payé par la bourse. J'aurais sûrement amélioré ma connaissance de la langue, je pourrais appliquer tout de suite ce que j'aurais appris. Je serais déjà dans le pays. »*

- *« Oui, ce serait formidable. Est-ce que tu es disposée à réaliser tout ça ? Tu auras beaucoup de choses à organiser. »*

Oui, je m'en sentais capable. Je pensais pouvoir obtenir un congé d'un an sans traitement du ministère. Je garderais mon poste, mais je n'aurais pas de revenu. La solution, ce serait de louer ma maison. Anne-Marie s'était mariée l'année précédente, mon fils était parti, je ne savais pas quand il reviendrait. Il fallait que je trouve un logement pour ma fille Pascale qui habitait encore avec moi.

Pascale passait parfois la nuit chez son ami, Daniel, qui habitait avec un copain tout près de l'Université. Ça lui évitait le long trajet jusque chez nous, plus d'une heure. Je leur ai proposé de prendre un appartement près de l'université, avec une petite chambre pour moi que j'habiterais quand je viendrais en visite, je paierais la moitié du loyer. Ils ont accepté. Je me suis demandé si j'avais précipité leur décision d'habiter ensemble, mais ils semblaient contents.

Il fallait choisir le moment. Les cours offerts par la bourse duraient 5 semaines, sur la liste qu'on m'a envoyée il y en avait un tous les mois, chaque fois dans une ville différente en Allemagne.

Au Québec un bail de location se fait en général à partir du 1er juillet. Si je voulais louer ma maison, il fallait que je prenne le cours qui se donnait ce mois-là, ça se trouvait être dans une banlieue de Munich. A l'époque, je ne connaissais pas la distance tant physique que psychologique entre la Bavière et le nord de l'Allemagne. J'ai bien vu que Christoph n'était pas enchanté que je choisisse cette ville, mais il s'est rendu à mes raisons. On s'est mis d'accord, je demanderais le cours de juillet, et mon congé d'un an à partir du mois d'août.

Christoph, lui, allait chercher un appartement pour nous, il avait déjà commencé à explorer les possibilités. Il se faisait un peu de souci : il devrait continuer à soutenir financièrement sa famille, il ne savait pas combien d'argent il lui resterait. On devrait prendre un appartement peu coûteux. Je comprenais et j'ai dit que je contribuerais aux dépenses.

Dans les trois semaines qui ont suivi la nouvelle, on a fait un voyage à Québec : je l'ai accompagné dans un centre de recherches, on est allés voir une amie d'enfance, on a fait du ski de fond au Mont Sainte-Anne. De retour à Montréal on a assisté ensemble à un congrès sur l'enseignement du français.

Cela a été une période heureuse, j'avais l'impression de vivre déjà avec lui. La magie était toujours là entre nous. Il était plus ardent que jamais. En ski de fond, quand je faisais une pause pour récupérer, il disait que j'avais besoin de carburant, et il m'embrassait avec fougue.

Je suis aussi devenue plus consciente de son côté exigeant, il s'impatientait quand les choses ne se passaient pas comme il voulait. Je trouvais qu'il exagérait, parfois je me fâchais. C'est arrivé au moment où il est reparti. A l'aéroport, il s'est énervé parce qu'il n'aimait pas le siège qu'on lui avait assigné dans l'avion. Il a essayé de le changer et s'est engueulé avec l'agent. Je ne comprenais pas qu'il y attache autant d'importance au moment où on allait se quitter, à sa place ça m'aurait été égal. On s'est disputés. On s'est quittés sans avoir fait la paix.

Je suis rentrée à la maison bouleversée, j'ai pleuré dans les bras de ma fille, puis je me suis calmée. On avait déjà vécu des incidents semblables. On était devenus assez sûrs de notre amour, on pouvait mettre ça de côté, passer à autre chose. C'est ce qu'on s'est dit dans les lettres qu'on a échangées par la suite.

J'y vais

Christoph était reparti. La maison était encore pleine de sa présence. Un matin, j'ai écouté de nouveau une cassette qu'il m'avait envoyée. Je lui ai écrit :

« Chaque fois que j'écoute ta cassette, c'est une nouvelle expérience d'aimer. J'adore ta voix, elle m'émeut, elle me fait l'amour. J'ai l'impression que je n'aurais qu'à allonger la main pour te toucher. Je connais tellement la sensation de ton corps, ma main en est imprégnée. T'aimer est une découverte, chaque fois différente, l'aventure de me laisser guider par ce que je ressens, quand tu me caresses doucement ou alors que tu m'agrippes virilement. Je suis heureuse de sentir tout ça vivant en moi.

Ta sensualité et la mienne sont des sentiments devenus chair. Nos corps se cherchent et ce sont nos âmes qui se trouvent. Nos baisers sont la rencontre de nos âmes. ».

Ensuite j'ai écrit que je devais arrêter, sinon je devenais trop excitée.

Dans les jours qui ont suivi, j'ai commencé à organiser mon départ. Etait-ce d'avoir longtemps été bloquée ? Le fait d'avoir un projet concret libérait en moi une énergie qui m'étonnait moi-même.

J'ai rempli les formulaires pour demander mon congé, j'ai chargé une agence de louer ma maison ; avec ma fille et son ami, j'ai cherché et trouvé un appartement dans le quartier de l'université, je me suis renseignée pour le billet d'avion. J'ai même continué à travailler à mon mémoire de maîtrise. Je menais toutes ces actions en parallèle, avec détermination et assurance.

Il y avait des tas de questions concrètes à régler, de papiers à remplir, les assurances, l'hypothèque, les avis de changements d'adresse, je dressais des listes.

La méditation m'aidait à garder mon équilibre, je continuais à la pratiquer régulièrement. Comme d'autres font leur gymnastique, je méditais tous les matins, avant mon petit déjeuner, et aussi en fin d'après-midi. L'exercice d'entrer en moi-même, de me centrer dans un espace intérieur calme, me laissait dans un état serein. J'avais l'esprit clair, je faisais confiance à mon intuition.

Dans mes lettres, j'ai expliqué à Christoph les détails de mes décisions, que j'allais venir le 4 juillet parce que je ne pouvais pas déménager avant le 1er juillet, que mon billet de retour devait être au maximum six mois après mon départ, ce qui faisait que je retournerais à Montréal au début de janvier, j'y resterais quelques semaines et puis je prendrais un autre billet pour l'Europe, également avec retour six mois plus tard.

J'ai réalisé que Bernard se sentait rejeté, il était fâché et amer. J'ai réussi à l'assurer de mon affection et de mon soutien. Il s'est rasséréné. Il est venu à la maison, et avec notre fille Pascale, nous avons commencé à trier, à décider ce qu'on apporterait dans le nouvel appartement, ce que Bernard garderait : il a pris entre autres des étagères vitrées qui venaient de sa famille. Pascale m'a beaucoup aidée à me détacher de certains objets : plusieurs fois elle a dit :

- « *Voyons maman, on n'a plus besoin de ça !* »

Je voyais bien qu'elle avait raison. On a fait une vente de garage, ce qu'on appelle en France un vide-grenier. On a mis des tas d'objets, d'appareils et de vêtements sur le gazon devant la maison, on avait mis des annonces dans le quartier. J'ai été surprise du nombre de personnes qui sont venues et reparties avec divers objets qu'elles étaient contentes d'obtenir pour une bouchée de pain. Une vieille dame s'est présentée et nous a demandé timidement si on n'avait pas des restes de laine. Il se trouvait que ma fille aimait tricoter, elle avait une valise pleine de tels restes. La vieille dame est repartie ravie, et nous n'en revenions pas de cette vente imprévue. A la fin de la journée on avait récolté 100 dollars et surtout, on s'était débarrassées de tas de choses. Ce qui est resté, je suis allée le porter à une œuvre de charité.

Avec toutes ces activités, je me tenais occupée, pour ne pas souffrir de la séparation. Mais un jour, j'ai pris conscience que je résistais à ma tristesse, je me suis laissée aller, j'ai pleuré. Ça m'a soulagée d'admettre à quel point notre interaction me manquait, que c'était dur de poser tous ces gestes seule, sans son soutien.

Christoph, lui, s'employait à chercher un appartement, il me disait dans ses lettres que c'était difficile d'en trouver un qui réponde à tous ses critères : un logement confortable et agréable pour nous deux, pas trop loin de ses enfants, pas trop cher. Il me disait combien il devait investir d'énergie et de temps à visiter, à comparer. Il s'étonnait que nous en ayons trouvé un si vite à Montréal. Je savais que quand il s'agissait d'une décision importante, il lui fallait du temps : il s'informait de beaucoup de détails, il avait besoin de plusieurs éléments de comparaison.

Il voulait tellement trouver quelque chose de bien, il trouvait pénible de chercher sans moi, il aurait voulu que je participe à la décision. Je lui ai répondu que je lui faisais totalement confiance, j'étais certaine que ce qu'il trouverait serait parfait pour nous. En juin, il m'a appelée pour me demander dans quelle mesure c'était important d'avoir un balcon. Je n'y avais pas réfléchi, mais quand il a dit qu'entre deux appartements possibles, celui qui n'avait pas de balcon coûtait moins cher, j'ai dit que bien sûr, ce n'était pas si important. Plus tard j'ai compris que dans cette ville de province où les maisons avaient souvent un grand jardin à l'arrière, ça pouvait être très agréable de s'asseoir sur un balcon si on habitait au premier ou au deuxième étage.

L'agence a trouvé des locataires potentiels pour ma maison, ils sont venus la voir. C'était un couple dans la quarantaine, elle était Québécoise, ils avaient deux fils de quinze et dix-sept ans que je n'ai pas vus. Coïncidence amusante, le père était d'origine allemande et habitait au Québec depuis dix ans, il parlait bien français et aimait jardiner : il m'a raconté qu'il avait une formation et travaillé dans ce domaine pour payer ses études. Mon jardin était bien négligé, je lui ai dit que je serais contente de tout ce qu'il y ferait.

J'ai eu l'impression que c'était des gens soignés, qu'ils s'occuperaient bien de la maison. Je me suis enhardie à dire quelques mots en allemand, tout de suite il a corrigé ma prononciation : les Allemands aiment la précision !

L'échéance se rapprochait, Christoph et moi, on avait moins de temps pour s'écrire. Le déménagement a eu lieu le 1er juillet. J'avais loué un camion, Daniel et ses amis y ont chargé les meubles. Cela a duré jusque tard dans la soirée. Nous étions tous épuisés.

Dans le nouvel appartement, il y avait beaucoup de choses à faire. Le 3 juillet j'ai laissé tout cela derrière moi, me sentant un peu coupable de la situation dans laquelle je laissais Pascale et Daniel, mais je n'y pouvais rien. Le 4 juillet je suis arrivée à Amsterdam, Christoph est venu m'y chercher en voiture. Dans une glacière, il avait apporté du saumon fumé et une bouteille de champagne. On a pique-niqué et trinqué, une nouvelle vie commençait.

Apprivoisements

A Osnabrück, Christoph m'a montré le logement qu'il avait trouvé, au deuxième étage d'une maison de six appartements. Les pièces étaient plutôt petites, les plafonds en soupente, ça faisait intime. Il y avait deux chambres, dont une où ses enfants pourraient dormir quand ils viendraient Il n'avait pas encore déménagé ses meubles, alors on a dormi sur des matelas par terre dans le salon, on y a fait l'amour. Ça a été notre façon de nous approprier cet espace qui allait abriter notre amour pendant quelques années.

J'étais arrivée un mercredi, le lundi suivant j'ai dû partir pour le sud de l'Allemagne, où mon cours d'allemand avait lieu. J'ai pris le train, sept heures de trajet jusqu'à Munich, puis je devais changer pour un train de banlieue. Christoph m'avait expliqué, mais j'avais un peu d'appréhension, je me demandais si j'arriverais à m'orienter dans cette gare immense, tout était nouveau. Heureusement ma connaissance de l'allemand me permettait déjà de lire les indications, j'ai réussi à trouver la bonne voie, j'étais fière de moi.

Vers sept heures du soir, je suis arrivée chez la dame qui m'hébergeait. Elle m'a accueillie gentiment, une femme un peu corpulente dans la soixantaine. Elle m'a montré ma chambre en haut, pas très grande, avec une table de travail et un fauteuil, la salle de bain dans le couloir. J'étais prête à accepter ces conditions modestes, ce n'était pas pour longtemps. Le lendemain le cours commençait, je pouvais y aller à pied.

Le premier jour j'ai trouvé ça difficile. Après cinq heures de cours, j'étais saturée, je ne voulais plus rien savoir de l'allemand. Les autres stagiaires, plus jeunes que moi pourtant, semblaient ressentir la même chose. Pour le déjeuner on s'est retrouvés en groupes de langues d'origine, les Italiens avec les Italiens, les anglophones entre eux, et moi avec des Français. Mais j'ai été confrontée à un autre défi : leur langue était émaillée d'argot, c'était un feu roulant d'expressions que je ne comprenais pas toujours, ils devaient m'expliquer. L'ambiance était légère, on riait beaucoup.

L'après-midi, je suis rentrée à ma chambre, je me suis reposée et j'ai fait les exercices qu'on nous avait donnés. J'ai toujours été une bonne élève, c'est mon côté docile. Puis j'ai médité vingt minutes, et de nouveau le lendemain matin, comme je le faisais à Montréal. Je continuais à me donner ce moment privilégié, où je me retrouvais dans mon centre, où les choses tombaient en place. La méditation rythmait mes jours, me donnait une assise, elle faisait partie de moi.

On nous a donné des cassettes à écouter, la première fois que j'ai essayé, je n'entendais qu'un flot de sons, je ne savais pas comment les séparer. Après plusieurs écoutes, j'ai réussi à reconnaître des mots, plus j'écoutais plus je comprenais.

Au milieu de mon séjour là-bas, Christoph est venu me voir. Quand il est arrivé dans ma chambre, sans attendre il m'a prise dans ses bras, a défait mon soutien-gorge, en quelques minutes son ardeur a transformé la petite chambre studieuse, il n'y avait plus que la force de notre attirance, le flot de notre désir.

Je lui ai montré le « dirndel » que j'avais acheté, pendant une excursion avec des copines de cours. C'était un costume traditionnel fait d'une jupe large et d'un corsage ajusté, féminin et seyant. Je l'avais pris dans des tons de rouge et blanc. J'avais vu plusieurs femmes le porter. Il me semblait que c'était la chose à faire. Visiblement le costume lui a plu, il m'allait bien. Mais il a eu l'air réticent, il a dit que je ne pourrais pas vraiment le porter dans le nord de l'Allemagne. C'était typique du sud. J'ai commencé à comprendre qu'il existait une grande différence entre ces deux régions, comme il en existait entre d'autres parties de l'Allemagne, ce que je découvrirais plus tard. Ils avaient aussi un accent différent. Quand j'avais choisi l'endroit du cours, Christoph avait eu peur qu'on m'enseigne un allemand dialectal, mais bien sûr ce n'était pas le cas.

A la fin du stage, le 3 août, je suis allée retrouver Christoph à Bruxelles, où il y avait un congrès de linguistique comme celui où on s'était connu, trois ans auparavant. J'ai revu des gens que je connaissais.

En septembre, on a passé des vacances à Kos. A notre retour, Christoph est allé chercher ses enfants pour le week-end. Anne Lena avait maintenant sept ans, Jan Henning cinq. Je ne les connaissais pas beaucoup. Je leur parlais comme je pouvais, Christoph m'aidait à communiquer avec eux. Il avait l'habitude de s'occuper d'eux, il a organisé notre emploi du temps, en essayant de m'intégrer le plus possible. On a fait une promenade, puis il a joué avec eux. Le soir j'ai préparé le repas, ensuite il les a mis au lit, il leur a lu une histoire.

Je l'observais, fascinée. Je n'avais pas connu d'hommes qui savaient y faire avec de jeunes enfants, j'ai aimé sa façon de leur parler, de les prendre dans ses bras. Même si j'avais été capable de parler couramment l'allemand, je n'aurais pas voulu être plus active ; je me tenais un peu en retrait, consciente que c'était leur moment privilégié avec leur papa, qu'ils ne voyaient plus tous les jours comme avant. J'étais contente de pouvoir les apprivoiser peu à peu.

Ma nouvelle vie à Osnabrück a commencé, j'étais curieuse de découvrir ce qu'elle avait à m'offrir. J'ai bien aimé le caractère de cette ville de province animée par la présence des étudiants ; l'université se trouvait en plein centre ville. Je me déplaçais à bicyclette, dans beaucoup de rues il y avait des pistes cyclables. J'achetais les légumes au marché du jeudi, et des fleurs, chaque semaine des fleurs fraîches, dans ma vie à Montréal les fleurs étaient réservées aux occasions spéciales.

J'ai découvert de nouvelles façons de faire. Quand Christoph m'a demandé à quel degré il fallait laver un vêtement, je n'ai pas compris, jusqu'à ce qu'il m'explique que la machine à laver chauffait l'eau au degré qu'on voulait. Je ne savais pas qu'il existait de telles machines.

Christoph avait beaucoup à faire, pour son travail, sa famille. Un matin avant de partir pour l'Université il m'a embrassée fougueusement. J'aurais voulu qu'il reste, qu'on fasse l'amour, qu'on passe la journée ensemble. Je me suis dit que je devenais asociale.

Déjà avant de venir je savais que mon plus grand défi serait de tenir le coup pendant les longues heures où je serais seule, sans lui. Je ne détestais pas être seule à certains moments, au contraire, j'aimais avoir du temps pour moi. Mais j'avais aussi besoin de voir des gens. Si je ne voulais pas m'étioler toute la journée en attendant les moments précieux où on serait ensemble, il fallait que je structure mes journées, que je me crée des relations.

La première chose qui m'a aidée, c'est le cours d'allemand où je me suis inscrite à l'Université. Me rendre au cours, faire des devoirs, cela structurait déjà ma journée. De plus, mon statut d'étudiante me donnait le droit d'entrer à la cafétéria universitaire, où Christoph déjeunait. C'était une des meilleures d'Allemagne, a dit Christoph, elle avait gagné des prix. Effectivement on y mangeait très bien. Souvent j'y arrivais plus tôt que Christoph, qui ne venait qu'après ses cours.

Comme j'étais seule, j'engageais la conversation avec des voisins de table. Au fil des semaines, j'ai connu des gens qui y mangeaient régulièrement. Il y avait un professeur de mathématiques à la retraite, un attaché de presse, une étudiante dans la quarantaine, une employée de la bibliothèque. On se retrouvait sans l'avoir planifié, on parlait de choses et d'autres, ça me donnait un petit milieu social que je retrouvais avec plaisir.

J'ai fait d'autres connaissances. Un jour je suis passée devant une librairie, de toute évidence destinée aux femmes, qui s'appelait *Mother Jones*. Elle était fermée ; sur la porte, j'ai lu une invitation à une rencontre internationale de femmes, le lendemain. J'y suis allée et j'ai fait la connaissance de plusieurs étrangères qui habitaient à Osnabrück : des Espagnoles, des Italiennes et des Françaises, et deux Allemandes. Elles se rencontraient régulièrement. Elles ont été accueillantes, mais je ne faisais pas encore partie du groupe. J'ai senti que je devrais m'ouvrir à elles et les apprivoiser, ce qui s'est passé au fil des rencontres. J'ai échangé mes coordonnées avec une des Françaises que je trouvais sympathique, on s'est revues. J'étais ravie de pouvoir parler ma langue avec elle.

Avec Christoph, j'apprenais à communiquer. Quand je descendais à la cave pour mettre la lessive en route, ou que je partais sans rien dire faire une course dans le quartier, il protestait :

- « *Mais dis-le moi, parle, je ne sais pas où tu es.* »

Lui, il communiquait tout le temps. Non seulement il m'avertissait quand il allait faire quelque chose, mais il disait à mesure ce qu'il ressentait, bon ou pas bon, il aimait ce que j'avais cuisiné, ou alors la sauce n'était pas à son goût, il se sentait bien, ou il avait froid, je savais toujours ce qui se passait en lui. Il me disait souvent qu'il m'aimait, et ne perdait pas une chance de m'enlacer. Il vivait intensément chaque moment, si ça lui disait de m'embrasser passionnément alors qu'il devait partir tout de suite après, il ne se retenait pas, il suivait son envie.

Il restait attentif : quand je vivais une émotion il s'en apercevait tout de suite, rien qu'à me regarder. Il me posait des questions, même quand il était occupé il prenait le temps. Mais quand il faisait des suggestions, je devais lui expliquer que mon besoin, ce n'était pas qu'il me propose des solutions, mais qu'il m'écoute et qu'il me réconforte. Ça, il le faisait bien.

On a eu aussi des disputes. Souvent, c'était parce que j'avais brisé quelque chose, ça m'arrivait de laisser tomber un objet. Alors il s'énervait, me demandait comment ça avait pu arriver, il me harcelait de questions auxquelles je ne voulais pas répondre, je m'énervais aussi. Je ne supportais plus de l'entendre, je voulais fuir, je sortais dans la rue, je marchais au hasard. Comment pouvait-il me parler comme ça ? Je finissais par rentrer, on se réconciliait.

Nos moments privilégiés à Christoph et moi c'était le soir, quand il rentrait pour le repas, qu'on prenait à une table ronde dans un coin de la salle de séjour. Il allumait une bougie, nous servait un verre de vin. On se racontait notre journée. Un soir, il m'a dit une fois de plus qu'il aimait le repas végétarien que j'avais servi, il se sentait bien de manger comme ça. On s'est assis sur le divan, il m'a entourée de ses bras, on s'est embrassés. De nouveau, j'ai senti l'irrésistible énergie, du divan on a glissé sur le tapis, on a fait l'amour, rien ne comptait que notre désir de nous fondre l'un dans l'autre.

Plusieurs fois au cours des semaines, on s'y est retrouvés, sur ce tapis. Chaque fois c'était nouveau, différent. Un jour je me suis souvenue de la question que je m'étais posée à Rhodes, si on pouvait vivre une relation passionnée dans le quotidien. J'avais la réponse.

Christoph partait parfois en voyage. En novembre il est allé à un congrès au Danemark. Il a suggéré qu'au lieu de rester à Osnabrück j'aille avec lui jusqu'à Hambourg et que j'y passe chez ses parents les trois jours où il serait absent. Ils ont été d'accord.

J'aimais beaucoup ses parents. J'étais fascinée par leur façon d'agir l'un envers l'autre. Ils se faisaient des compliments. Ils se montraient de la tendresse. Quand son père était assis au bout de la table, sa femme lui caressait la joue en passant, lui il passait son bras autour de sa taille. Je n'avais pas connu ça dans ma famille, mes parents ne se sont jamais manifesté d'affection devant moi. Le père de Christoph était un homme à l'air sérieux, qui s'intéressait aux choses : je l'ai vu recevoir un livre en cadeau, tout de suite il a commencé à le feuilleter, à regarder le contenu.

Après le départ de Christoph, l'après-midi j'étais fatiguée, j'ai dit que j'aimerais faire une sieste. Ils m'ont demandé si je voulais qu'ils me chantent une berceuse. J'ai ri, c'était une gentille blague. Je suis montée à la chambre, je me suis allongée sur le lit. Tout à coup la porte a bougé, dans l'ouverture ils ont chanté et puis la porte s'est refermée doucement. Lui qui marchait avec une canne, il avait monté l'escalier pour me chanter une berceuse. J'étais touchée de leur délicatesse, ravie de leur sens du jeu.

Je suis partie seule pour découvrir la ville, j'ai pris l'autobus et le métro, un plan à la main. Au centre ville, je suis entrée dans un magasin à la mode. J'avais remarqué que beaucoup de femmes à Hambourg portaient un chapeau, je trouvais ça chic. J'ai eu envie de m'en acheter un. Toute excitée par mon achat, je suis allée dans un petit resto végétarien au bord d'un canal. Je trouvais plus facile d'aborder des gens dans un restaurant végétarien. J'ai commandé, un plateau dans les mains je suis sortie. Il faisait encore assez bon pour manger dehors.

J'ai aperçu une table où il y avait une place libre, j'ai demandé aux deux femmes si je pouvais m'asseoir avec elles. Elles ont accepté. Après quelques minutes, je me suis enhardie à leur dire:

- « *Je viens de m'acheter ce chapeau, comment vous le trouvez ?* »

Ma question a semblé les amuser, on a engagé la conversation, puis une des femmes est partie et je suis restée avec l'autre. On s'est promenées un peu dans le quartier, elle m'a raconté qu'elle était l'assistante du fameux chorégraphe du Ballet de Hambourg, John Neumeier. Elle devait retourner à son travail, on a décidé de se retrouver le lendemain pour visiter un musée.

Susanne est restée mon amie ; des années plus tard, à une fête d'anniversaire, elle a pris la parole et elle a raconté notre rencontre.

Début décembre j'ai appris la naissance du bébé d'Anne-Marie. C'était une fille et tout s'était bien passé. J'étais soulagée. A cause de son épilepsie, j'avais eu peur qu'il y ait des problèmes.

Le 3 janvier, je suis retournée à Montréal pour quelques semaines. J'ai vu ma petite fille pour la première fois, toute menue dans son berceau, les cheveux très foncés comme son père. J'étais touchée. Je me rappelais mes filles à cet âge, et pourtant c'était une émotion différente.

Avant de partir pour l'Allemagne, j'avais terminé ma recherche : j'avais comparé deux approches d'enseignement du français à des apprenants lents. Tout était là, les questionnaires, les entrevues, les tableaux. Il ne restait qu'à rédiger le mémoire de Maîtrise. Je suis allée voir ma directrice de recherche. Elle m'a incitée à rédiger immédiatement, si j'attendais ce serait plus difficile, j'aurais beaucoup oublié. Elle était prête à lire à mesure ce que j'écrirais et elle a plaidé pour que je rédige en commençant par le début, plutôt que d'essayer de mettre ensemble des parties écrites séparément. J'ai décidé de m'y mettre aussitôt.

J'ai entrecoupé mes périodes de travail de rencontres avec tout mon monde ; on est allés au restaurant, on s'est fait des petits soupers, j'ai fêté mon anniversaire. A la mi-février, j'avais fait le plein, j'avais hâte de retrouver Christoph.

Peurs et audaces

Il n'y avait plus de cours à l'université jusqu'au mois d'avril. Mars, c'était le moment de l'année où Christoph avait l'habitude de faire du ski. Dans le nord, c'est assez plat, faire du ski pour lui ça voulait dire partir pour les Alpes. Des collègues à lui avaient organisé un voyage de ski pour les étudiants en sport, il y avait des places libres. Christoph m'avait demandé si j'accepterais de participer à ce voyage. J'aurais préféré passer des vacances seule avec lui. Mais il en avait envie, et c'était moins cher de voyager avec un groupe.

J'avais peur sur les pentes. C'est pour ça que je faisais seulement du ski de fond. Cette peur, elle remontait à un incident quand j'avais environ huit ans. A l'époque, je faisais du patin à roulettes dans la rue près de chez nous, des patins bien primitifs, à roulettes de métal. J'aimais ça, même si je tombais souvent. Un jour, un copain a suggéré que je m'accroche à sa voiture à quatre roues, moi sur mes patins, pour descendre la côte. En arrivant en bas, la voiture roulait très vite, j'ai paniqué, j'ai lâché prise et je me suis écrasée sur l'asphalte. Je suis rentrée à la maison couverte d'éraflures, mais je n'avais rien de cassé.

Christoph connaissait mes appréhensions. Il pensait que si je suivais des cours, si je savais mieux comment faire, je pourrais surmonter ma peur. J'ai dit que j'avais déjà essayé de faire du ski alpin, quelques années plus tôt, avec mon fils, je n'avais pas réussi. Christoph a insisté, je devrais me donner une nouvelle chance, alors j'ai accepté.

On a voyagé en autobus. Christoph me faisait admirer par la fenêtre les superbes montagnes d'Autriche. On a logé dans des chalets rustiques, les étudiants partageaient les chambres à plusieurs, nous, on nous a donné une chambre pour deux.

Les deux premiers jours, j'ai suivi le cours pour débutants. On nous a montré les mouvements à faire, on a pratiqué sur une pente à faible inclinaison, j'ai réussi à faire à peu près les mouvements, pas aussi vite que les autres qui étaient jeunes et mieux entrainés que moi. Ça m'a donné confiance, j'étais prête à essayer.

Le troisième jour, je suis allée sur une pente normale. J'ai essayé de faire ce qu'on m'avait appris, mais je regardais en bas, la pente me faisait peur, et puis les autres skieurs passaient à toute vitesse à côté de moi, à ma droite, à ma gauche, ça n'arrêtait pas,. Je me suis affolée. Christoph a vu de loin ce qui arrivait, il est venu près de moi, il m'a parlé doucement et m'a aidée à finir de descendre la pente. J'étais soulagée d'être enfin en bas, saine et sauve.

C'était clair, ce sport ne marchait pas pour moi. Christoph était déçu. Les jours suivants, j'ai fait autre chose, je me suis promenée, j'aimais l'air frais, le soleil sur la neige. Je retrouvais le groupe pour la soirée. Christoph s'entretenait avec ses collègues et les étudiants. Je ne pouvais suivre la conversation qu'en partie, mais j'aimais bien l'ambiance. Certaines fois ils ont chanté, des chants traditionnels, ça m'a beaucoup plu.

En avril, Christoph devait faire un voyage professionnel aux Etats-Unis. Il partait un Vendredi Saint, pour douze jours. Edith m'a proposé d'aller avec les enfants passer Pâques chez les parents de Christoph. Elle avait maintenant un ami, Michael, on est allés dans sa voiture. Les grand-parents ont caché des œufs dans leur jardin où il y avait quelques arbres fruitiers et des arbustes, les enfants ont eu du plaisir à les chercher. Je n'avais jamais vu réaliser cette coutume dans un jardin, à Hambourg le temps doux rendait cela possible.

Christoph et moi, on avait discuté de ce que je pourrais faire pendant son absence. J'avais eu l'idée d'aller à Munich que je n'avais pas vraiment visitée. J'avais pu réserver une chambre en banlieue chez la dame qui m'avait hébergée pendant mon cours d'allemand.

J'ai retrouvé la dame et la petite chambre. Le mercredi matin, j'ai pris le train régional pour aller à Munich, au bureau de tourisme j'ai pris des dépliants, me suis informée sur les restaurants végétariens. Je suis allée à l'opéra m'enquérir de places debout, on m'avait dit que c'était possible d'en avoir à la dernière minute. Je suis allée dans un musée l'après-midi, le soir à l'opéra. Je me sentais libre, j'avais envie de découvrir, J'étais enchantée par tout ce que je visitais, le centre ville, les immeubles, l'intérieur somptueux de l'opéra, les gens en tenue de soirée.

J'ai refait le trajet jeudi et vendredi, découvert les marchés couverts, les expressionnistes allemands. Vendredi midi, au restaurant végétarien j'ai fait la connaissance de Michèle, une jeune femme qui venait de Suisse. On a sympathisé, elle m'a proposé d'aller avec elle à Lausanne où elle habitait. Elle m'hébergerait. Grâce au sentiment de liberté un peu euphorique que j'éprouvais, je me suis dit pourquoi pas, rien ne s'y oppose. J'ai accepté. Je n'avais jamais fait une chose pareille, aller chez une parfaite inconnue. D'où me venait cette assurance ? Peut-être de la tranquillité intérieure que me donnait la méditation. Je n'avais pas de craintes.

Alors, le samedi j'ai pris le train pour Lausanne avec Michèle. Elle m'a amenée chez des amis, c'était sympathique, on a mangé et bu avec eux. Il s'est avéré que le copain de Michèle n'était pas vraiment enchanté que j'habite avec eux, alors une autre amie m'a hébergée. J'ai visité Lausanne, j'ai fait une excursion en bateau sur le lac Léman.

Quand on s'est retrouvés, Christoph et moi, il a dû m'apprivoiser de nouveau. Même si j'avais vécu des choses intéressantes de mon côté, quelque part j'avais ressenti son départ comme un abandon et je m'étais éloignée intérieurement. J'ai vécu ça plusieurs fois au cours des années qui ont suivi, quand il partait pour des voyages professionnels. Lui, l'absence ne lui faisait pas le même effet, il revenait plus amoureux que jamais.

Il a fallu deux jours pour que je me sente prête à me rapprocher de lui. Une nuit on a parlé longuement, j'avais besoin de ça. On s'est raconté ce qu'on avait fait, j'ai vu qu'il était heureux pour moi et étonné de mon audace.

Début mai, l'université a organisé une excursion à Heidelberg pour les étudiants du cours d'allemand. On a voyagé en autobus. A l'arrivée, il faisait un temps superbe. J'ai eu un moment d'enchantement en marchant sur le « Chemin des philosophes » qui surplombe la superbe rivière Neckar : je regardais tantôt la rivière tantôt les cerisiers japonais dont les fleurs rose tendre se détachaient sur le ciel bleu. Je vivais un moment parfait, j'étais enivrée par la beauté de cette journée de printemps.

De temps en temps, mes filles m'appelaient au téléphone, c'était bon de leur parler, de garder le contact. Mais quand Anne-Marie a été admise à l'hôpital pour des crises d'épilepsie, je ne l'ai appris qu'une semaine plus tard. Ils ne voulaient pas m'inquiéter.

A la mi-juin, Christoph et ses collègues ont organisé une excursion en Allemagne de l'Est pour les étudiants en linguistique. Ils avaient une mission secrète, observer l'évolution de la langue, noter les expressions courantes là-bas qu'on n'employait pas dans l'ouest. Grâce à mon statut d'étudiante, j'ai pu y participer, mais bien sûr, à la frontière, avec mon passeport canadien j'étais le cas d'exception.

Les organisateurs ont dû expliquer ma présence et on m'a fait payer une taxe d'entrée.

On est allés dans plusieurs villes, dans chacune le groupe était « accompagné par un guide », c'est-à-dire encadré et surveillé. Mais certains soirs, les étudiants ont réussi à retrouver leurs pairs dans le secret des chambres universitaires, et c'est là qu'ont eu lieu les vrais échanges. Moi, je n'ai pas vraiment suivi ce qui se passait, quand ils en parlaient en groupe, je comprenais très peu. Mais j'observais bien des différences : les paysages que je voyais du train, des champs à perte de vue, sans clôture, à cause de l'agriculture collective ; les magasins où il n'y avait presque rien sur les étalages, quel contraste avec les magasins d'Allemagne de l'ouest ! Les façades des maisons étaient abîmées, l'intérieur des cafés aussi.

Dans certaines villes, on a été abordés par des gens qui voulaient des Marks, mais on a fait bien attention, on a refusé. On nous surveillait, nous avions été avertis de ne pas accepter de telles demandes.

J'ai dû retourner plus tôt à Osnabrück passer un examen d'allemand, pour obtenir un certificat nécessaire à mon inscription éventuelle à l'université. J'ai regretté de manquer la visite à Berlin et le fameux point de passage du mur Check Point Charlie. Je suis rentrée à Osnabrück en train. J'ai réussi l'examen.

Christoph est revenu deux jours plus tard. Il a donné ses derniers cours, il avait beaucoup de choses à faire. Mais il pris du temps pour aller au lac à plusieurs reprises avec les enfants et un ami, on a fait de la voile, on s'est baignés.

On a eu des accrochages. Un jour qu'on s'étaient disputés, j'ai quitté la maison comme je faisais dans ces moments-là. J'ai marché dans les rues, j'étais malheureuse, il me semblait que je n'avais nulle part où aller. J'ai eu l'idée d'aller chez une amie et je lui ai demandé de dormir chez elle. Elle a été surprise mais elle a accepté. Je me suis calmée assez pour appeler Christoph et lui dire de ne pas s'inquiéter, que je reviendrais le lendemain. J'ai effectivement dormi là mais ça ne m'a pas fait de bien. J'avais créé un éloignement qui me faisait mal, ce n'était pas une solution. Le lendemain, je suis rentrée à la maison, nous avons parlé et essayé de comprendre ce qui nous était arrivé. Visiblement, il y avait des situations où on réagissait très fort tous les deux, ce n'est que beaucoup plus tard qu'on a appris à les résoudre.

Vers le 20 juillet, on est partis en vacances en voiture. J'ai trouvé le trajet long et pénible à cause de la chaleur. On est passés par Genève où on a rendu visite à un couple d'amis que Christoph connaissait depuis qu'il avait fait à vingt ans un stage en Suisse francophone. C'était un grand plaisir pour moi de parler français.

Puis on est allés en Provence. Des amis nous avaient loué la maison qu'ils possédaient, une maison étroite de trois étages, au milieu d'un village.

Enfin on se retrouvait seuls, sans obligations, dans notre intimité de vacances. On s'est installés dans la maison, on s'est familiarisés avec les environs.

On a fait des excursions, on est allés au Mont Ventoux, on a visité des fortifications. Christoph m'a prise en photo assise sur un mur du rempart, mes cheveux mi-longs décoiffés, je portais un corsage décolleté et une jupe large qui me donnait l'air d'une gitane.

On a marché dans des sentiers de terre secs et pierreux, sous des forêts de pins. On a fait l'amour dans la nature, érotisés par le climat chaud, les parfums, le chant des cigales. Un soir, en marchant dans les rues du village nous avons été emportés, il m'a prise dans l'embrasement d'une porte, c'était fou et délicieux, après j'avais les jambes flageolantes, j'avais du mal à marcher.

On a eu des disputes, qui s'enflammaient comme un feu de broussailles. On s'énervait, on criait, aussi intenses dans notre agressivité que dans l'amour. Après, on essayait de comprendre, de justifier, on écrivait des lettres, mais on s'apercevait que ça ne donnait rien. Alors on laissait tomber, on revenait à nous, à ce qui nous unissait profondément.

Le 8 août, on est repartis vers Osnabrück, deux jours plus tard je suis retournée à Montréal.

J'avais vécu une année riche en événements, en rencontres, en voyages. Une année intense avec lui, notre amour restait fort. L'épreuve avait été concluante. J'avais l'impression que j'arriverais à vivre dans ce pays. J'ai dit à Christoph que j'allais venir habiter avec lui l'année suivante, après le mariage de Pascale qui était prévu pour mai. Nous nous sommes quittés avec cet espoir. Mais les choses se sont déroulées autrement.

Conflits

J'ai retrouvé ma vie à Montréal, mon travail, ma famille, mes amis. Pas tout à fait la même : je ne pouvais plus habiter dans ma maison, elle était encore louée pour un an. Comme j'avais l'intention d'aller vivre en Allemagne, je pensais que ça n'avait pas de sens de prendre un appartement. Alors j'ai habité avec Pascale et Daniel, dans la petite chambre. J'étais consciente que ça pourrait devenir étroit et que je les dérangerais dans leur intimité de jeune couple. J'ai fait de mon mieux pour être là le moins possible, surtout le week-end.

Souvent le dimanche je suis allée sur la montagne, je me suis promenée dans les sentiers, mon baladeur à la main. Christoph et moi, on ne s'écrivait plus, on s'envoyait des cassettes. J'écoutais sa voix en marchant, c'était bon de l'entendre, et puis j'enregistrais à mon tour. Je lui racontais ce que j'avais fait, qui j'avais vu, les ennuis avec la voiture qui avait souffert de ne pas avoir été utilisée. Il me racontait aussi sa vie de tous les jours, ses soucis, ses joies. C'était notre façon de surmonter la distance, de faire comme si on partageait encore le quotidien.

J'ai apprécié de revoir mes amies, ma sœur, ma mère. Je les ai vues souvent. J'ai pris plaisir à garder ma petite-fille. Avant sa naissance je n'avais pas pensé que j'aimerais autant m'occuper d'elle. Elle me touchait, en la promenant, je lui parlais et j'avais l'impression qu'on communiquait, même si elle n'avait que dix mois.

Je suis allée avec Pascale dans des magasins choisir sa robe de mariée. J'ai aimé ce moment d'échange avec elle. Elle a pris une jolie robe cintrée qui soulignait sa taille fine, le décolleté était recouvert de tulle orné de dentelle qui montait jusqu'au cou. Au voile elle a préféré un chapeau blanc qui lui allait très bien.

J'ai découvert que la copie finale de mon mémoire n'était pas encore dactylographiée, la personne que j'avais chargée de le faire m'a donné des excuses pas très convaincantes. J'ai insisté pour qu'elle le fasse enfin et je l'ai présenté à la faculté.

Six semaines après mon retour d'Allemagne, Christoph est venu à Montréal. J'ai dû trouver un endroit où habiter avec lui. J'ai demandé autour du moi, il s'est trouvé qu'une collègue possédait une maison dans les Laurentides qu'elle voulait vendre, elle a accepté de me la louer. On a découvert une maison rustique au milieu d'arbres. Une fois de plus, on s'est retrouvés dans un logement qu'on ne connaissait pas, et, très vite, on y a créé notre ambiance. On a fait des courses ensemble. Il a mis beaucoup de soin à choisir des vins, il s'y connaissait et était toujours surpris des prix élevés du vin chez nous. Je préparais les repas, il mettait la table, avec des bougies bien sûr.

Comme deux ans auparavant, il a été ravi par les coloris de l'automne, il prenait des photos. On allait faire des promenades. Il aurait aimé marcher dans les forêts, mais ce n'était pas possible, partout il y avait des clôtures. Ça l'a étonné. Il m'a expliqué qu'en Allemagne les forêts doivent être accessibles, les propriétaires n'ont pas le droit de les fermer. Je lui ai dit que chez nous, c'était seulement dans les parcs nationaux qu'on pouvait marcher librement dans les bois.

Christoph est resté plusieurs fois seul dans la maison pendant que je partais travailler à Montréal. Il avait des articles à écrire, ça ne l'ennuyait pas. D'autres fois on est allés à Montréal, on a rendu visite à mes parents, à mes filles, à ma sœur. On a fêté l'anniversaire de Pascale. Il s'est réjoui avec moi quand j'ai appris que mon mémoire avait été accepté.

Il est venu rencontrer le groupe de mon cours d'allemand. Le professeur l'avait invité, ce serait une occasion pour les étudiants de parler avec un Allemand. Ils lui ont demandé s'il pensait que l'Allemagne pourrait un jour être réunifiée. Christoph croyait que ce n'était plus possible, que les mentalités de part et d'autre étaient devenues trop différentes. Il disait même qu'il ne le souhaitait pas, parce qu'il craignait la trop grande puissance d'une Allemagne réunifiée.

Les 18 jours ont passé très vite. Il a dû repartir. C'était toujours difficile de se quitter, mais on s'était entendus pour que j'aille en Allemagne pour les fêtes de fin d'année.

Les deux mois qui ont suivi, j'ai été très occupée. Je continuais mes cours d'allemand, et j'ai commencé à suivre des cours de shiatsu, une approche holistique de santé qui incluait une forme de massage.

Ma mère a subi une opération à l'intestin. Elle avait 75 ans. Heureusement que ma sœur qui était médecin suivait ce qui se passait, ça me rassurait. Après l'opération je suis allée la voir, les médecins ont dit que l'opération était réussie. Couchée dans son lit, ma mère nous a parlé de mousses vertes dans l'air.

- « *Comment, vous ne voyez pas ça ?* » disait elle avec son autorité habituelle, « *mais voyons c'est là regardez, c'est plein de mousses vertes.* ». Heureusement les effets de l'anesthésie se sont résorbés.

Noël approchait. Pour compenser le fait que je ne serais pas là pendant les fêtes, avant de partir, je suis allée voir Anne-Marie et Ricky, puis mes parents, et j'ai fait un repas spécial avec Pascale et Daniel.

Je suis arrivée à Osnabrück déjà le 20 décembre. J'ai retrouvé les préparatifs de Noël qu'il avait déjà faits l'année d'avant, les décorations, la couronne de l'Avent avec ses quatre bougies, une pour chaque dimanche. Sur la petite table de la cuisine, il avait mis de nouveau la pyramide, un objet typiquement allemand, un plateau tournant en bois, sur lequel il y avait des personnages qui avait l'air de se suivre : un chasseur, une biche, une femme portant des fagots. C'était la chaleur de petites bougies qui faisait tourner les palettes de bois qui le surmontait.

Comme l'année précédente, on a fêté la Noël avec Edith et les enfants. Pour eux, la fête c'est le 24 décembre, qu'ils appellent « la sainte veille ». Christoph et moi, on est allés à l'église avec les enfants, pour un service religieux à quatre heures, leur mère est restée chez elle pour préparer le repas. On a mangé ensemble à six, avec Michael. Elle a fait de son mieux pour créer une bonne atmosphère, nous aussi, on centrait notre attention sur les enfants et sur la distribution de cadeaux. Mais je n'étais pas à l'aise. Bien sûr on jouait tous un rôle. Je savais qu'Edith faisait ça pour les enfants. Je sentais la bonne volonté de tout le monde, mais j'étais consciente d'une tension, surtout entre elle et Christoph. Après la soirée, j'ai été contente de retourner à la chaleur de notre nid. Le lendemain, je me suis sentie heureuse, en paix.

Je suis restée cinq semaines, pendant lesquelles on a revu presque tous les amis que j'avais connus. Ils m'accueillaient chaleureusement, malgré tout je trouvais encore difficile de m'entretenir avec eux. J'avais fait des progrès, mais ça restait un effort de passer des heures à parler allemand. Parfois, je ne comprenais pas ce qu'ils disaient, mais je posais rarement des questions, seulement quand j'avais l'impression que c'était important. J'avais déjà essayé de parler anglais, mais je m'étais aperçue que la plupart de nos amis n'étaient pas à l'aise.

Plusieurs fois, après une soirée passée chez des amis, j'ai dit à Christoph que je n'en pouvais plus, je ne voulais plus entendre un seul mot d'allemand. Je passais à l'anglais, c'était la langue qu'on avait parlée dès le début. Ça me reposait.

On est allés chez ses parents à Hambourg. J'ai fêté mon anniversaire avec lui avant de repartir.

De retour à Montréal, j'ai chargé mon agent immobilier de vendre ma maison. J'en avais parlé avec Christoph, il aurait voulu que je la garde : selon lui, une maison, ça ne se vendait pas. Mais je trouvais que l'Allemagne c'était trop loin pour s'occuper d'une maison, et puis le profit que je ferais me constituerait une réserve financière, une sécurité.

L'agent m'a fait rencontrer des couples intéressés. Un acheteur éventuel m'a présenté une liste détaillée de tous les défauts de la maison et de tout ce qu'il faudrait améliorer. Ça m'a fâchée. Je n'ai pas accepté leur offre, même si elle était un peu plus élevée que celle que j'ai acceptée. Le contrat d'achat devait être signé en juillet.

Juste un mois après mon retour à Montréal, Christoph est venu et reparti tout de suite pour la Californie où il devait assister à trois congrès. Je l'ai suivi quelques jours plus tard.

J'ai pris l'avion pour San Francisco, j'y ai retrouvé Marc, un ami de mon fils avec qui il était parti deux ans auparavant. Il était musicien et habitait dans une sorte de commune où j'ai pu dormir. Il m'a parlé un peu du temps qu'il avait passé avec mon fils, qui maintenant habitait à Honolulu. Ensuite, j'ai pris un autobus pour retrouver Christoph à Berkely, Christoph m'avait bien expliqué où aller, quel autobus prendre. Il devait être un peu inquiet : quand il m'a vue, il était tout content. On a loué une voiture et on a longé ensemble la côte escarpée du Big Sur, c'était magnifique. A Los Angeles, on a assisté au Congrès, puis on a pris l'avion pour Honolulu.

Mon fils avait maigri. Il avait perdu son travail comme serveur dans un restaurant chic, alors pour l'expérience et aussi pour économiser, il avait jeûné pendant un mois. Il est venu nous chercher à l'aéroport dans une voiture empruntée à une amie, puis je suis allée avec lui faire des courses dans un magasin d'alimentation naturelle. Il faisait un soleil magnifique, je regrettais de devoir être à l'intérieur. Je lui ai dit que, normalement, j'aurais voulu profiter d'abord du soleil, aller à la plage, et faire les courses quand il ferait gris. Mon fils m'a assuré qu'à Honolulu, il faisait toujours soleil. On a fait des grosses provisions, que j'ai payées évidemment, puis on est rentrés chez lui et il a mangé, je n'en revenais pas de la quantité de nourriture qu'il absorbait.

Christoph et moi, on a dormi dans la chambre que mon fils occupait dans une sorte de commune, lui, il passait la nuit chez une amie. Sa chambre était parfaitement rangée, même les serviettes impeccablement pliées. Quel changement ! Quand il avait quinze ans, il laissait tout trainer dans sa chambre, les vêtements s'empilaient sur le plancher. Je lui avait dit :

- « *Je crois que tu n'as pas encore découvert ton besoin d'ordre.* »

Il avait dit qu'il n'avait pas ce besoin. Six ans plus tard, il l'avait manifestement découvert.

On a rendu visite à un collègue de Christoph de l'Université d'Hawaï. Sa femme et lui habitaient une maison rustique dans un jardin plein de plantes tropicales. Il s'était construit une cabane dans un arbre et il y travaillait, ça paraissait idyllique.

Un soir, Christoph a eu une rencontre avec un groupe de collègues. Ils ont parlé de professeurs qui travaillaient dans différentes universités, ils lançaient des noms. J'avais l'impression que Christoph devait démontrer qu'il connaissait les personnes importantes dans le domaine. Moi ils m'ont complètement ignorée. Je me suis sentie très malheureuse, j'ai regretté d'être venue.

On a visité l'île, on a admiré la végétation tropicale. On est allés dans un restaurant thaïlandais que mon fils aimait beaucoup, avec des amis à lui.

J'ai peu médité pendant notre voyage. J'avais du mal à trouver le moment propice. La méditation me manquait. J'étais moins centrée, moins en harmonie.

Pendant le voyage de retour, j'ai trouvé Christoph tendu, facilement impatient. Surtout dans les avions, quand il n'aimait pas sa place, ou quand il y avait des périodes d'attente. On a eu plusieurs accrochages, qu'on a essayé de surmonter.

A Montréal, cette fois nous avons habité dans un appartement d'Outremont que j'avais loué à l'ex-mari d'une collègue. J'étais contente d'avoir trouvé un endroit où loger. Le premier matin, j'ai mis des tranches dans un petit four grille-pain dont je ne m'étais bien sûr jamais servie. Le pain a brûlé. Christoph a éclaté :

- *« Qu'est-ce que tu as fait ? Tu ne pouvais pas surveiller ? Ça va puer le brûlé dans l'appartement pendant des jours, on ne pourra pas se débarrasser de cette odeur. »*

J'ai été outrée par son agressivité, je me suis fâchée aussi, on a eu une dispute terrible. On s'est réconciliés, mais on a eu d'autres incidents. Je trouvais qu'il mettait la faute sur moi dès que quelque chose ne tournait pas comme il voulait.

Le moment est venu où j'ai pensé qu'on ne pouvait pas continuer comme ça, qu'on avait besoin d'aide. J'ai suggéré d'aller voir Denise, une thérapeute que j'avais consultée dans le passé. J'appréciais son approche réaliste, sa sagesse. Christoph a accepté.

On a commencé à lui expliquer ce qui n'allait pas entre nous. Christoph a été frappé par le fait que je parlais de lui à la troisième personne en sa présence, il a trouvé ça très étrange. Elle nous a surtout écoutés. Elle nous a suggéré d'observer nos émotions et de devenir conscients de ce qui déclenchait les querelles.

En sortant de chez elle, on a marché dans les rues du quartier, bordées d'arbres. En ce début d'avril, le temps était relativement doux, je sentais l'approche du printemps. La main dans la main, on a essayé de revenir sur ce qu'on avait dit, de trouver des stratégies. A un moment il s'est arrêté, il m'a prise dans ses bras :

- « *Ecoute, ne t'en fais pas. On va y arriver. On s'aime, on va être capable de surmonter ça.* »

Je me suis laissée fondre, je voulais le croire. Il m'a embrassée, je lui ai rendu son baiser. De nouveau, j'ai senti le flot d'énergie qui nous rivait l'un à l'autre. On est rentrés, on a fait l'amour, en s'unissant on retrouvait l'accord profond, au-delà des mots, qui avait toujours été entre nous.

On a eu d'autres accrochages, on a essayé de dialoguer, d'échanger sur nos différences. On est allés voir Denise une deuxième fois. Il est reparti à la mi-avril. Trois semaines plus tard, un matin, j'étais en train de travailler à mon bureau et soudain j'ai été submergée par une pensée :

-« *Mais qu'est-ce que je fais là ? Je suis folle ou quoi ? Je veux tout laisser pour aller vivre avec un homme avec qui je me dispute tellement que je suis allée consulter. Ça ne va pas, non ?* »

Les tensions entre nous changeaient tout. Que se passerait-il si je constatais que je ne pouvais pas vivre avec lui ? Je reviendrais à Montréal et me retrouverais sans travail, sans rien. J'ai pris peur. Je ne voulais pas faire ce pas énorme dans des conditions comme celles-là.

Ma décision a été aussitôt prise, je ne partais pas. Je n'ai même pas pensé à en discuter avec Christoph. Bien sûr ça n'allait pas lui plaire. Tout de suite, j'ai voulu agir, poser des gestes, peut-être pour ne pas être tentée de faire marche arrière. La première chose que je devais faire, c'était trouver à me loger.

On était en mai, en cette période il y avait beaucoup d'annonces de logements à louer dans les journaux. J'ai pris un journal, j'ai commencé à chercher. J'avais envie d'habiter à Outremont, dont l'ambiance me plaisait. J'ai trouvé une annonce qui paraissait convenir, le jour même, je suis allée voir l'appartement. Il m'a plu. La concierge croyait que le propriétaire l'avait déjà loué, elle devrait le contacter. Elle m'a montré un autre logement, plus grand et plus cher. J'ai hésité. Le lendemain, je l'ai appelée, finalement le premier que j'avais vu était libre, je pouvais le louer. Ce que j'ai fait.

Je m'étais décidée très vite. J'ai pensé à ce que Christoph m'aurait dit, qu'il fallait comparer. Alors, je suis allée voir d'autres appartements, mais aucun ne m'a plu autant que celui que j'avais pris. Le plus dur restait à faire : annoncer à Christoph que je ne viendrais pas vivre avec lui tout de suite.

Pas question

Montréal

Je craignais la réaction de Christoph quand je le lui annoncerais. Quelques jours plus tard, un dimanche, j'ai pris mon courage à deux mains et je l'ai appelé. Comme je m'y attendais, il a réagi très fort.

- « *Mais comment, on s'était entendus, c'était clair que tu allais venir. Tu me laisses tomber!* »

J'étais figée au téléphone, je ne savais plus quoi dire. Il était fâché, il ne comprenait pas. Je n'ai pas su expliquer mes peurs, je n'ai pas demandé qu'il me donne plus de temps. On a raccroché, puis un peu plus tard il a encore appelé, m'a demandé si je ne pouvais pas revenir sur ma décision.

Mon geste lui est apparu comme une rupture. Il était bouleversé. Il avait changé sa vie pour que je puisse venir et voilà que je ne venais pas.

Quelques jours plus tard, en allant à Francfort où il devrait prendre un avion pour Israël, il a eu un accident : sa voiture a heurté le mur en bordure de la route. Il n'a pas été blessé, après des examens à l'hôpital, il a pu prendre son avion un jour plus tard que prévu.

Cela, je l'ai appris par une note laconique qu'il m'a fait parvenir. Puis, il n'a plus écrit, ni envoyé de cassette. Moi, je n'avais pas voulu mettre fin à notre relation. Alors, j'attendais, j'espérais que sa colère tombe. Je n'écrivais pas non plus, je me sentais impuissante. Pour surmonter le vide, je me suis absorbée dans mon travail, dans les préparatifs du mariage de Pascale, dans des visites à ma sœur, à Anne-Marie et sa famille. J'ai pris des cours de Tai Chi, que des amis m'avaient fortement recommandés.

Je suis allée voir Denise plusieurs fois. Avec elle je pouvais parler de mes craintes, elle m'aidait à comprendre ce qui se passait en moi, elle me donnait des balises pour analyser ma situation.

Le mariage a eu lieu le 31 mai. Le lendemain, Bernard et moi, on a amené les nouveaux mariés à l'aéroport. Après leur départ j'ai commencé à planifier mon déménagement. Puis il y a eu la remise des diplômes, j'ai reçu mon diplôme de maitrise.

Un jour, j'étais au garage où je faisais réparer ma voiture, une Golf de dix ans qui me causait beaucoup de problèmes ces derniers temps. Le mécanicien m'a montré une Audi en me disant qu'elle était en meilleur état que la mienne, et qu'elle était à vendre. Puisque je restais à Montréal, j'avais besoin d'une voiture. J'ai immédiatement parlé à la propriétaire, le lendemain je l'achetais.

Le 30 juin, chez le notaire, j'ai signé l'acte de vente de ma maison. J'ai déménagé dans mon nouvel appartement le 7 juillet. J'avais engagé des déménageurs. Quand ils sont repartis, j'ai senti tomber la tension qui m'habitait. C'était fait. Assise dans mon nouveau salon, j'ai regardé les cartons autour de moi. Je me sentais seule. J'avais une vague envie de pleurer. Avais-je bien fait de prendre cet appartement ?

On a sonné. C'était Bernard. Il avait pensé que ce serait difficile pour moi, ce moment d'après le déménagement. Il m'a proposé de m'emmener manger au restaurant. Je me suis sentie reconnaissante, touchée qu'il ait pensé à moi. Avant de sortir, on a médité ensemble, c'était bon, je me suis rassérénée.

J'ai quand même revu Christoph un mois plus tard.

Il m'avait appelée en juin, alors que j'habitais encore avec ma fille. C'était un dimanche matin, le soleil entrait par la fenêtre de ma chambre, il faisait bon. Le téléphone avait sonné. De surprise, je m'étais assise brusquement sur le bord du lit, j'étais émue. Il m'avait dit que je lui manquais, qu'il aimerait qu'on se voie. Je lui avais dit qu'il me manquait aussi. J'étais prête à venir en vacances en Allemagne s'il voulait. Oui, c'est ce qu'il voulait. En juillet, il avait un voyage professionnel en Hongrie, alors nous nous étions mis d'accord pour que je vienne en Allemagne au mois d'août.

Osnabrück

Il est venu me chercher à la gare. On ne s'était pas vus depuis quatre mois. Quand je l'ai aperçu sur le quai, j'ai eu besoin de me réhabituer à son visage, à sa voix. Il m'a prise dans ses bras, et c'était comme avant, comme toujours, je le reconnaissais de l'intérieur. A la maison, on s'est embrassés, j'ai senti de nouveau l'envoûtement.

Le soir après le repas, il m'a dit sa déception. Il était triste que j'aie décidé de ne pas venir vivre avec lui. Il ne comprenait pas, il voyait seulement la force de notre amour ; pour lui, les accrochages que nous avions eus n'étaient pas graves. J'ai écouté, j'ai seulement dit que je n'avais pas pu. Je me sentais impuissante à lui expliquer mes peurs, ma conscience du risque que je prendrais. Je n'ai pas demandé qu'il me laisse plus de temps, je ne voulais pas faire de promesse. Je ne savais plus.

Il avait des articles à écrire avant de pouvoir partir en vacances. Les deux premières semaines, il a passé ses journées et une partie de ses soirées à travailler. Il faisait beau, je n'avais pas envie de rester à l'intérieur. Je suis allée plusieurs fois à la piscine extérieure tout près de chez nous, parfois avec mon amie de Toronto, parfois seule. Je trouvais ça un peu étrange, d'être là seule à la piscine, dans la chaleur de l'été. Avais-je bien fait de venir pour cinq semaines ? Confusément, je sentais qu'il essayait de se détacher.

On a vu ses enfants, on est allés faire de la voile sur le lac, et on a eu encore des accrochages. Quand on s'occupait de choses concrètes, que ce soit ranger la cuisine, déplacer des meubles, ou réparer quelque chose, souvent je ne faisais pas les choses comme il voulait, ou je ne comprenais pas ce qu'il attendait de moi. Il suffisait qu'il prenne un certain ton impatient que je ne pouvais pas supporter, un ton qui me traitait de stupide, pour que je me fâche, il se fâchait aussi, on se disputait.

On se réconciliait toujours, et quand on se retrouvait dans les bras l'un de l'autre, je retrouvais ma confiance en lui et je m'abandonnais sans arrière-pensée.

Espagne

On est partis en voiture, il avait loué la maison d'un collègue dans le nord de l'Espagne.

La maison se trouvait dans une banlieue. Christoph craignait qu'on vole sa voiture, une vieille BMW, presqu'une antiquité, qui pourrait attirer les voleurs. Il se réveillait la nuit quand il entendait du bruit. Il a réussi à trouver un garage, après il était plus tranquille.

On a fait des excursions dans les environs, découvert les villages au soleil, les champs d'oliviers et d'herbes sèches. Il faisait très chaud, l'après-midi on se réfugiait dans la fraîcheur de la maison.

Pour aller à la mer, il fallait prendre la voiture. J'avais hâte de me baigner. Un jour, on a décidé d'aller à la plage. On a mis dans la voiture ce dont on avait besoin, entre autres un panier de pique-nique et un parasol que j'avais insisté pour apporter. A cette époque Christoph aimait beaucoup se dorer au soleil, moi, j'avais besoin d'ombre.

Après que Christoph a eu examiné la plage en galets pour trouver le meilleur endroit, on a pris place vers la droite. J'étais heureuse, il faisait beau, le soleil brillait, la mer me tendait les bras, j'avais un sentiment de vacances.

Je me suis laissée tomber sur le matelas pneumatique en riant. Christoph a explosé :

- « *Tu ne peux pas faire ça. On ne se jette pas comme ça sur une plage de galets. Les pierres sont coupantes, il faut s'asseoir avec précaution. Ça y est, le matelas est percé, et je n'ai rien pour le réparer.* »

Sa voix dramatique, virulente, m'est entrée dedans comme un poignard. Je ne pouvais pas supporter d'en entendre le ton. Je suis partie en courant presque, je suis allée de l'autre côté de la plage, là où il y avait des rochers. Assise sur une pierre, j'ai pleuré, totalement malheureuse. Je ne comprenais pas : lui qui disait m'aimer, comment pouvait-il me parler de cette façon ? Désespérée, je voulais fuir, ne plus être avec lui. Dans ma panique, j'essayais d'imaginer comment je pourrais partir, c'était impossible, dans ce pays, je dépendais de lui.

Il est venu me retrouver, il m'a dit qu'il ne voulait pas me blesser ; c'était vrai qu'il avait réagi fort, il était désolé. Il m'a prise dans ses bras. J'ai accepté son étreinte. Mais il m'a fallu quelques heures pour vraiment me sentir comme avant cet incident, pour retrouver l'amour en moi. Je m'étais éloignée intérieurement.

Je savais bien que ma réaction avait à voir avec un incident de ma petite enfance. Je n'avais pas deux ans, j'étais grimpée sur la fausse cheminée du salon et j'avais fait tomber l'horloge. J'avais dit : « *cassé tic-tac* ». C'est ma mère qui me l'a raconté. Elle avait fait une colère terrible, je me souviens à la fois vaguement et vivement de l'intensité de sa voix, de l'expression de sa figure. Je m'étais sentie détruite, annihilée.

J'avais beau savoir que je revivais cet incident quand Christoph me faisait des reproches, ça ne réglait pas vraiment le problème. Mais ça m'aidait à voir que j'avais ma part de responsabilité : il réagissait trop fort, mais moi aussi.

Finalement, j'ai réussi à reconnaître qu'il avait eu raison et qu'il faut s'asseoir avec précaution sur un matelas pneumatique. C'était un progrès, normalement j'avais beaucoup de mal à reconnaître une erreur.

Vers la fin de notre séjour en Espagne, il m'a dit qu'il avait à me parler. Il m'a fait asseoir sur le divan, il m'a regardée avec sérieux.

- « *Ça ne peut pas continuer. Je ne veux pas vivre seul, je ne suis pas fait pour ça. Mais je ne veux pas te perdre non plus. Alors je suggère de transformer notre relation, qu'elle devienne une amitié. Je veux que tu le saches, je vais chercher une autre femme.* »

Il parlait gravement. J'entendais ce qu'il disait, je voyais qu'il voulait être honnête avec moi. Je n'ai pas ressenti de pincement au cœur, je n'ai pas eu mal. Etais-je trop rassurée par nos semaines ensemble ? Par la suite, j'ai essayé de comprendre, j'ai conclu que mon âme ne l'avait pas cru. Une autre femme, c'était abstrait. Sa présence, son amour, prenaient toute la place.

Je ne savais pas alors qu'il avait connu une femme en Hongrie, une collègue qui, paraît-il, me ressemblait un peu.

On est retournés en Allemagne par étapes. On a passé trois jours à Cadaquès, un village charmant au bord de la mer. On a admiré le paysage enchanteur, visité le musée de Salvator Dali et mangé dans des restaurants de poisson. On s'est arrêtés quelques heures en Alsace, Christoph voulait me montrer les villages pittoresques. Il a acheté du vin.

Montréal

Je suis revenue à Montréal à la mi-septembre. J'ai repris mes entretiens avec Denise. Comme s'il ne m'avait rien dit, je continuais à me demander si je devrais aller vivre en Allemagne.

Christoph m'a appelée une fois, ensuite nous n'avons plus échangé de nouvelles. Le mois d'octobre a passé. Puis le 5 novembre, son appel :

- « *Je n'en peux plus. Je t'aime, tu me manques. J'ai besoin de savoir comment tu vas, parle-moi de toi !* »

Il a dit que dans chaque femme qu'il rencontrait, c'était moi qu'il cherchait, que je m'étais implantée dans son cœur et qu'il ne pouvait plus m'en déloger.

J'ai été touchée par son amour. Il ne cherchait plus une autre femme, c'était moi qu'il voulait. Moi aussi, j'avais besoin de contact, moi aussi je me languissais de lui et je trouvais terrible la distance qui nous séparait. Alors je lui ai proposé de venir en Allemagne pour la période des fêtes, il a réagi avec joie. Il souhaitait que je vienne le plus tôt possible, il m'attendrait les bras ouverts.

A la fin de novembre, j'ai reçu une cassette qu'il avait enregistrée entre le 3 et le 20 novembre et j'ai pu voir ce qui s'était passé en lui. Le 3 novembre, il exprimait son incompréhension, pourquoi avais-je décidé de ne pas venir, comment est-ce que je pouvais vivre sans lui, si loin de lui. Depuis la rencontre avec Denise, où j'avais parlé de lui en sa présence, il avait l'impression que je me centrais sur moi, plutôt que sur notre amour. Il parlait de son désarroi, de son manque d'énergie.

Le 20 novembre, à cause de notre décision de se retrouver aux fêtes de fin d'année, il se disait plus calme, il avait retrouvé son énergie. Il avait eu une conversation avec un couple d'amis. La femme avait exprimé son besoin d'une activité professionnelle, elle enviait son mari qui était professeur de sociologie. Ça avait rendu Christoph plus conscient de ma situation. A la fin de la cassette il voyait que si je ne trouvais pas de travail, je ne pourrais pas vivre avec lui. Il se disait confiant qu'on se quitterait alors avec compréhension et amour.

Il avait pris davantage conscience que ce serait moi qui investirais le plus pour rendre possible notre vie ensemble.

J'ai réussi à obtenir un billet d'avion et à organiser mon départ. Je suis arrivée en Allemagne le 13 décembre, j'y suis restée jusqu'au 9 janvier.

Pendant ces semaines, on s'est demandé comment on pourrait continuer. Au cours de ma réflexion sur la possibilité d'aller vivre avec lui, j'avais pris conscience que ce qui me faisait peur, c'était le définitif. Si je quittais mon emploi, je ne pourrais plus revenir en arrière. Alors, j'ai eu l'idée de retarder la décision, en demandant de nouveau un congé sans traitement pour essayer une fois de plus de vivre avec lui et de me créer une vie professionnelle. Je ne savais pas si on me l'accorderait, mais je proposais d'essayer. Christoph était d'accord.

Dès mon retour à Montréal, j'ai fait une demande officielle de congé, elle a été acceptée. J'ai pu sous-louer mon appartement, avec les meubles, à une jeune femme. Le tout s'est réalisé très vite : le 28 février j'ai quitté Montréal pour aller vivre un an à Osnabrück.

On remet ça

Je suis arrivée à Osnabrück le 1er mars. En fin de semestre, Christoph n'avait pas de cours à donner. Le temps de reprendre le contact avec Edith et les enfants et un couple d'amis, on est partis en vacances. Christoph avait renoncé à son ski alpin, puisque je ne pouvais pas en faire, il avait organisé des vacances de ski de fond en Norvège avec un groupe d'étudiants de l'université.

On a fait du ski à deux, sur un immense plateau enneigé. La silhouette dénudée des arbres se détachait sur la neige, le soleil brillait dans le ciel très bleu. J'aimais l'air cristallin, le vaste espace, je retrouvais avec plaisir le mouvement de glisser sur les skis, c'était facile sur les pistes déjà tracées.

Christoph s'est élancé sur la piste, il m'a distancée. Je n'étais pas une skieuse très performante, plutôt bucolique, j'aimais faire des pauses et admirer le paysage. Il est revenu vers moi, plein d'enthousiasme.

- « *Est-ce que ce n'est pas formidable, cette neige, ce soleil ?* »

Il m'a embrassée pour le plein d'énergie, a-t-il dit, et il est reparti. Plusieurs fois il est revenu sur ses pas.

On retrouvait le groupe au chalet, on préparait les repas ensemble. Christoph participait volontiers à la conversation : il avait l'habitude, pendant ses études il avait toujours vécu en colocation. Je m'adaptais comme je pouvais, je souhaitais avoir des moments d'intimité avec lui. A quelques reprises, les autres sont sortis le soir et on a pu enfin être seuls.

De retour à Osnabrück, je me suis consacrée à mon objectif : trouver un projet qui me mobilise. C'était ce qui me manquait, ce qui rendait notre situation inégale. Christoph était très impliqué dans son travail, il se passionnait pour son enseignement et ses recherches, il écrivait des articles, allait dans des congrès. J'avais moins d'occupations, ça me rendait plus dépendante des moments passés avec lui.

Christoph suggérait que j'entreprenne un doctorat, il me disait combien c'est prestigieux en Allemagne, d'avoir un titre à mettre devant son nom. Il croyait que je pourrais prendre pour sujet la situation des femmes immigrantes, puisque c'était ce que je vivais. J'ai essayé d'y réfléchir, j'ai eu des rencontres exploratoires avec une professeure américaine qui s'occupait d'études sur les femmes. Avec elle, je pourrais rédiger ma thèse en anglais.

J'ai commencé à lire des articles. Mais ce n'était pas si simple. Je n'arrivais pas à m'identifier au sujet, ni à une démarche de recherche. Je n'avais pas de point d'ancrage, pas d'institution. Je n'avais pas travaillé dans ce domaine jusque là. J'ai tenté d'explorer aussi le domaine des sciences de l'éducation, j'ai eu des rencontres avec un professeur.

J'ai rédigé mon curriculum vitae que Christoph a traduit en allemand. Cela me servirait éventuellement pour une demande d'emploi. J'ai commencé à me familiariser avec le traitement de texte avec Word. C'était un peu difficile à cause des expressions en allemand, mais j'ai été émerveillée par les possibilités qu'offrait l'ordinateur de modifier un texte à volonté. J'ai pris aussi des cours d'allemand, à un niveau plus avancé, on lisait maintenant de courts textes littéraires.

Tout cela m'occupait, me permettait d'attendre les moments où on se retrouvait tous les deux. Christoph me disait souvent qu'il était content que je sois là, que la moindre chose qu'on entreprenait était plus belle parce qu'on la faisait ensemble. C'était ce que je ressentais aussi, simplement marcher la main dans la main dans la douceur d'une soirée de printemps et je retrouvais la magie.

A partir de mai, nos loisirs ont tourné autour de la voile. Christoph avait une yole en bois rouge qu'il laissait dans un club au bord d'un lac à cinquante kilomètres d'Osnabrück. On a fait de la voile avec ses enfants et un ami.

Par vent fort, il fallait faire des manœuvres, changer la voile de côté, Christoph donnait les commandements. Quand on en faisait tout seuls, je devais me tenir debout à l'avant du bateau quand il s'approchait du quai, et puis sauter, le câble à la main, et empêcher le voilier de frapper le quai en le repoussant du pied. Pour moi qui n'ai jamais été sportive, ça représentait tout un défi.

Plusieurs des membres du club de voile avaient une maison près du lac, ils y passaient leurs week-ends. Christoph enviait cette possibilité de rester là, sans avoir à faire la route chaque fois. Un jour, il a appris qu'une maison était à vendre, il a demandé à la voir. C'était une habitation modeste, assez rustique, avec un bout de terrain autour. A l'intérieur, ça sentait l'humidité.

Il a obtenu de la louer pour quelques semaines, de façon à voir si cela nous plairait. Il a investi beaucoup d'énergie à se renseigner sur les détails pratiques, en particulier le chauffage. Il a fait une liste des meubles qui manquaient, il a trouvé un petit camion pour les transporter.

Christoph a demandé à ses parents s'ils accepteraient de lui prêter de l'argent. Il les a invités, ils sont venus nous voir au début de juillet. On les a reçus chez nous, puis on les amenés au lac voir la maison. Ils comprenaient le souhait de Christoph, mais ils avaient des réticences, surtout parce que seule la maison était à vendre, pas le terrain qui était loué à long terme. Ça leur paraissait un bien gros investissement. Ils ont suggéré de réfléchir et de voir comment ce serait d'y vivre.

A partir de la mi-juillet, Christoph était en vacances, on s'est installés à la maison du lac pour trois semaines. Jusque là il avait fait assez beau, j'étais allée plusieurs fois à la piscine. Dès qu'on a été dans la maison, il s'est mis à faire mauvais, de la pluie, du vent, il faisait tellement froid que Christoph a dû m'acheter un anorak. On a fait de la voile quand il y avait une éclaircie. Un jour, après avoir sauté sur le quai avec le câble, ça a donné un coup, je suis tombée à la renverse dans l'eau glacée. Ils se sont mis à plusieurs pour me sortir de là. J'ai eu très peur.

Un après-midi qu'il ne pleuvait pas, au lieu de faire de la voile Christoph s'est mis à nettoyer la gouttière. Je ne comprenais pas :

-« *La maison ne t'appartient pas, pourquoi est-ce que tu investis autant ?* »

Il m'a répondu que ça devait être fait. J'ai pensé qu'il y avait en lui un besoin qu'il n'avait jamais satisfait, il avait toujours habité en appartement.

Mais le mauvais temps le décourageait, la perspective de devoir passer tous ses étés de cette façon n'était pas réjouissante. S'il achetait la maison, il devrait y passer ses vacances, il n'aurait plus assez d'argent pour aller ailleurs. Malgré cela, il continuait à peser le pour et le contre, il ne se résignait pas à abandonner son rêve. Un jour il m'a dit :

- « *En fait je peux seulement acheter la maison si tu restes. Pour moi seul ça n'aurait pas de sens.* »

Ça m'a mise dans l'eau bouillante. Je n'avais pas d'autre choix que de dire que je ne savais pas, je n'étais pas encore en mesure de décider.

Il a renoncé à l'idée d'acheter la maison.

Au début du mois d'août, comme prévu, j'ai pris l'avion pour Montréal, j'y resterais trois semaines et je reviendrais début septembre à Osnabrück pour le reste de mon année de congé.

La voyante

Assise dans l'avion, je revoyais en pensée les mois écoulés. J'habitais en Allemagne depuis cinq mois. C'était mon deuxième séjour « à l'essai », deux ans après le premier.

Ma relation avec Christoph continuait d'être belle, notre amour ne faiblissait pas, malgré les querelles. Nos vies étaient différentes. Je n'avais pas d'activité professionnelle, ni trouvé de projet qui remplirait ma vie.

Je ne savais toujours pas si je pourrais vivre en Allemagne pour de bon. J'étais perplexe. Je n'arrivais pas à me donner un but.

Ce que je cherchais, je l'ai compris plus tard, c'était plus qu'une activité professionnelle, plus qu'une occupation. J'avais besoin d'un projet qui me motive profondément, pour lequel je me mobiliserais. En fait j'avais besoin de donner un sens à ma vie. Mes enfants avaient longtemps donné ce sens, ils n'étaient plus avec moi. Mon amour pour Christoph ne suffisait pas.

J'ai engagé la conversation avec la femme assise à côté de moi. Elle m'a raconté qu'elle avait rendez-vous avec une voyante hors de l'ordinaire, une personne qui percevait l'évolution spirituelle des gens. Des auteurs de livres de spiritualité la consultaient.

J'ai su tout de suite que je voulais la rencontrer. J'ai obtenu son numéro de téléphone. Dès que j'ai pu, je l'ai appelée, elle m'a donné rendez-vous pour deux semaines plus tard, quelques jours avant la date de mon retour en Allemagne. Elle habitait à la campagne au sud de Québec. Bernard m'a proposé de m'y emmener en voiture, lui aussi il voulait l'entendre.

La voyante, Nathalie, habitait une maison modeste en bois peint, un peu à l'écart d'un village. Elle m'a reçue dans une petite pièce à côté de la cuisine, sur son pupitre, j'ai vu un appareil à enregistrer. A sa suggestion, j'avais apporté des cassettes, je trouvais important de pouvoir réécouter ce qu'elle dirait, les mots qu'elle emploierait.

Elle m'a dit qu'il allait se passer un développement important en moi. J'allais découvrir des dimensions nouvelles. Quand je lui ai dit que j'habitais en Allemagne, elle a fait de la main un geste catégorique : l'évolution se passerait au Québec, il fallait que je revienne.

Elle m'apportait la réponse à mes questions. Elle me donnait une justification, un espoir. J'ai vite pris ma décision : j'allais écourter mon séjour en Allemagne.

De retour en Allemagne, j'ai essayé d'expliquer à Christoph que je voulais retourner à Montréal. Il n'a pas vraiment compris, je crois, mais il a accepté ma décision. J'ai quitté Osnabrück à la fin d'octobre.

A Montréal, les choses se sont remises en place facilement. La femme à qui j'avais sous-loué mon appartement me l'a rendu volontiers, mon employeur s'est montré enchanté de me reprendre.

Alors a commencé pour moi une longue période de réflexion, alimentée de lectures diverses. C'était un cheminement souterrain. Je ne posais pas systématiquement de questions : je cherchais à tâtons, guidée par ce que je ressentais plus que par un raisonnement logique. Quel était le sens de la vie, de ma vie ? A quoi est-ce que je voulais me consacrer, quel but en valait la peine ?

Je n'arrivais pas à donner de l'importance à des objectifs professionnels, je n'avais pas d'illusions sur ce que j'aurais pu accomplir dans mon milieu de travail. Les promotions ne m'intéressaient pas. Mes enfants, adultes, n'avaient plus besoin de moi. Longtemps ils avaient constitué mon ancrage.

Un jour j'ai vu clair. Il m'est apparu que le seul but que la vie pouvait avoir pour moi, c'était la recherche de Dieu. Ça n'avait rapport avec aucune culture religieuse, je m'étais détournée depuis longtemps de l'église catholique. Au-delà de tout cadre, je voulais comprendre le sens de la création, de l'énergie qui sous-tend l'univers, sentir de l'intérieur à quoi tout cela rime. J'ai vécu une sorte de révélation, diffuse, je ressentais une volonté de cheminer vers un but pressenti globalement.

Alors j'ai pensé que je pouvais poursuivre ma quête n'importe où, qu'elle n'était pas liée à un pays en particulier. Ça pouvait aussi bien se passer en Allemagne. Je me suis sentie disposée à aller y vivre.

J'ai compris aussi que la voyante avait eu raison : l'évolution que j'avais vécue n'avait pu se produire que dans mon pays, où ma réflexion s'était déployée sans contrainte. Ma démarche n'avait pas duré très longtemps. Il s'était écoulé tout juste un an et demi depuis ma rencontre avec Nathalie.

Je suis retournée la voir, cette fois accompagnée par une amie. En m'y rendant, j'avais le cœur battant, je me sentais tellement sûre de vouloir vivre là-bas, je me demandais ce que je ferais si elle me disait de ne pas le faire. Mais au contraire, elle m'a dit que c'était le bon moment, et que j'allais m'épanouir, vivre un grand progrès personnel.

On était en avril. Je voulais expliquer à Christoph ce qui m'arrivait, et pourquoi je me sentais prête à faire le pas. J'avais reculé deux fois, comment lui faire comprendre que cette fois c'était différent ?

En mai, j'ai pris un congé et suis allée passer dix jours avec Christoph. C'était les vacances de la Pentecôte, je savais qu'il serait disponible. Le printemps était superbe, les arbres en fleurs, les oiseaux s'en donnaient à cœur joie. On est allés se promener à la campagne. On a marché à l'orée d'un bois. On s'est assis sur un banc, devant nous s'allongeait une prairie, au loin une maison de ferme, tout était imprégné d'une paisible beauté.

J'ai commencé à lui dire ce qui s'était passé en moi. Je me sentais maladroite, je trouvais difficile d'exprimer la profondeur de la perspective qui s'était ouverte pour moi. J'ai parlé de venir en Allemagne pour de bon, il a été réticent. Il n'était pas prêt, on en reparlerait à l'été.

Pourtant deux mois auparavant, au téléphone, il m'avait dit qu'il trouvait sa vie difficile sans moi, qu'il n'était pas fait pour vivre seul. J'avais senti sa tristesse, elle m'avait touchée. Depuis il s'était plongé dans son travail, dans ses projets.

On en est restés là, on devait se revoir en juillet pour les vacances. Je suis rentrée au Québec. Deux mois plus tard, j'ai connu le chemin spirituel qui serait la réponse à ma quête. Dans les écritures saintes de l'Inde, il est dit que quand le disciple est prêt le Maître se manifeste. J'ai été amenée vers la voie du Yoga de perfection.

Initiation

Gervaise, une amie que j'avais connue à l'occasion de l'atelier de développement personnel, m'avait parlé d'un autre mouvement de méditation. Elle l'appelait Yoga de perfection, avec un grand respect, comme si le nom seul aurait dû m'impressionner. J'avais refusé. J'avais ce qu'il me fallait, je méditais déjà. Elle m'avait parlé à plusieurs reprises du maître spirituel, qui était une femme. Elle était déjà venue à Montréal, il était question qu'elle y revienne. Je serais bien allée la voir, mais finalement elle n'est pas revenue.

Puis un jour, mon amie a trouvé les mots qui m'ont persuadée :

- « *Tu sais, si tu poursuis ton intention d'aller vivre en Allemagne, tu dois t'attendre à ce que certains moments soient difficiles, tu vas te sentir seule, loin des tiens.*

La force dont tu auras besoin tu devras la puiser en toi, il faudra que tu deviennes plus proche de toi, plus intérieure. »

Elle a ajouté que le contact avec un maître réalisé m'aiderait en ce sens. J'ai accepté d'aller avec elle à l'Ashram de l'Etat de New York, pour participer à un week-end de méditation. Elle m'a rendu cela facile, je suis allée en voiture avec elle et trois autres personnes, je n'avais rien à organiser. Le trajet durait six heures et demie. On est partis vers 13 heures de Montréal, Gervaise avait préparé un pique-nique qu'on a mangé au bord de l'autoroute. J'ai posé des questions sur le Maître, on m'a dit que c'était quelqu'un qui avait atteint l'union avec Dieu, je ne comprenais pas bien ce que ça voulait dire.

On est arrivés vers neuf heures du soir. J'avais faim, j'avais peur de ne rien pouvoir manger à cette heure-là. A cette époque, je devenais angoissée quand j'avais faim. Mais il fallait d'abord s'inscrire, il était déjà tard. La femme qui nous a accueillis à l'inscription nous a tout de suite demandé si on avait mangé. Puis elle nous a envoyés à la cafétéria avant que ça ferme, elle allait nous attendre. J'étais ravie, je trouvais que c'était un Yoga très humain. Après les formalités, on est allées dans nos chambres. On m'avait placée dans une chambre à quatre lits superposés, je la partageais avec sept autres femmes. J'étais déçue que Gervaise ne soit dans la même chambre que moi, mais elle m'a assuré qu'on se verrait souvent pendant les pauses.

Le lendemain, je l'ai retrouvée au petit déjeuner. Puis on a attendu ensemble pour entrer dans la salle principale. Pendant qu'on faisait la queue, on a entendu le mantra, diffusé par des haut-parleurs. Je l'avais entendu la veille, dans la voiture, quand on s'était arrêtés pour une pause. Mes amis m'avaient expliqué que c'était le mantra de la tradition à laquelle ce mouvement appartenait, j'ai su par la suite que c'est le mantra le plus connu en Inde. Il était affiché partout, en alphabet romain.

Cette fois, il était chanté selon une mélodie indienne, ou raga, différente de celle que j'avais entendue la veille. Mon amie était émerveillée. Elle n'avait jamais entendu ce raga, elle n'en revenait pas du constant renouvellement qu'elle observait dans ce Yoga.

Le programme avait lieu dans une grande salle au plafond très haut, avec des lustres suspendus. A l'avant, les gens étaient assis à même le sol, sur des coussins ou des couvertures, les hommes à droite, les femmes à gauche. Dans la partie arrière se trouvaient des fauteuils très confortables recouverts de velours bleu. Comme je ne pouvais pas m'asseoir par terre j'ai demandé un fauteuil, et je me suis retrouvée du côté des hommes : ils étaient nombreux mais pas autant que les femmes, il y avait de la place de leur côté.

Ce à quoi je participais s'appelait une « Intensive de méditation ». Au début, on a expliqué que durant l'Intensive, le Maître éveillait l'énergie spirituelle de chaque participant. On appelait cet éveil Initiation. Elle avait lieu, c'était certain. Certains la ressentaient comme un flux d'énergie dans leur corps, par exemple dans la colonne vertébrale, pour d'autres participants, ça se passait de façon subtile et ils ne remarquaient rien.

On a chanté le mantra selon le nouveau raga, j'ai trouvé ça facile. La mélodie était sereine, douce. Un petit groupe à l'avant de la salle chantait le mantra, accompagné par des musiciens, et la salle reprenait la même phrase, le rythme était lent, presque berçant. Quand j'écoutais, je sentais les mots résonner en moi ; quand je chantais, c'était sans effort. Après le chant, je me suis sentie légère, heureuse.

Après une pause, un homme a pris la parole, un moine, on l'appelait Swami, habillé d'une longue robe rouge. Il a raconté une histoire. Deux jeunes hommes se rendent voir un maitre spirituel pour lui demander de les mener vers la libération. Le Maitre leur commande d'aller travailler pour lui dans un champ.

Les deux hommes y travaillent jour après jour, les semaines, les mois passent, après deux ans un des hommes se dit qu'il pourrait aussi bien travailler au champ pour sa famille et il décide de s'en aller. L'autre reste, il s'absorbe dans sa tâche, dans la contemplation de la nature, il voit Dieu et son Maitre dans le ciel, les plantes, il est complètement abandonné dans l'amour de Dieu et du Maitre. Après quelques années, il atteint la libération et devient lui-même un Maître. Un jour, celui qui était parti entend dire qu'un saint homme est de passage dans un village proche, il va le voir et reconnaît son ancien compagnon.

Cette histoire m'a touchée. Pendant la pause suivante, j'en ai parlé avec Gervaise et d'un seul coup mes larmes ont jailli. Elle m'a jeté un regard vif et a dit : « *Quelle grâce !* » Je ne savais pas bien ce qu'elle voulait dire, mais j'aimais l'émotion que je ressentais.

Je n'ai pas reconnu tout de suite ce qui m'arrivait, il m'a fallu des années pour nommer cette expérience. Je savais seulement qu'une nouvelle perspective s'ouvrait devant moi, qui me fascinait, que je voulais approfondir.

Quand le moment est venu de méditer, j'ai hésité entre le mantra que l'autre mouvement m'avait donné, soi-disant personnel et unique pour moi, et ce mantra commun à tous. J'ai médité un peu avec l'un, puis avec l'autre. La journée s'est poursuivie avec des exposés, du chant, de la méditation.

J'étais étonnée par le grand nombre de participants. Aux repas, il fallait faire la queue pour entrer à la cafétéria, on était des centaines de personnes, je n'avais jamais vécu ça avant. En passant dans les couloirs de l'Ashram, j'ai vu aux murs de grandes photos des maîtres de la lignée, et de dieux et déesses indiennes ; ça et là, il y avait de petites tables recouvertes de tissus dorés, de fleurs et d'objets que je ne connaissais pas.

Par la suite, je me suis quelquefois demandé pourquoi j'avais accepté d'emblée cet univers spirituel nouveau pour moi, nettement marqué par la culture indienne. C'était dû bien sûr au fait que j'admirais les gens qui m'avaient amenée là et que j'étais touchée par leur engagement et leur foi.

De plus, rien dans tout cela ne me repoussait, au contraire. Les Maîtres qu'on voyait sur les photos rayonnaient. Dans les enseignements, il était question d'amour, de dévotion, de discipline, de purification. La méditation menait au contact avec Dieu en nous. Le but de la vie était la réalisation, les gens qui voulaient l'atteindre étaient à la recherche d'un Maître qui puisse leur montrer la voie. Tout cela m'attirait.

Au début et à la fin de chaque demi-journée il y a eu un chant accompagné d'un rituel que j'ai trouvé très beau. Une femme en sari s'est placée debout à l'avant, devant la photo du Maitre ; elle a balancé de gauche à droite d'un geste gracieux un plateau où on avait disposé une fleur et où brûlait une flamme qui symbolise la conscience et l'amour éveillés par le maître dans le disciple. Pendant qu'elle faisait ce geste, le groupe chantait un chant d'hommage au Maître dont les paroles étaient projetées sur l'écran, mais visiblement les hommes autour de moi le savaient par cœur et chantaient avec un enthousiasme qui m'a impressionnée.

Le soir, j'ai fait la connaissance d'une des femmes qui partageaient ma chambre. Elle s'appelait Mathilde et venait d'Allemagne. Je lui ai parlé de mon intention d'aller vivre en Allemagne. Elle connaissait un Centre de ce Yoga dans la région où j'allais habiter, je n'aurais qu'à lui téléphoner quand je serais là. Quand j'ai raconté ça à Gervaise le lendemain, elle n'en revenait pas.

- *« Je viens depuis des années à l'Ashram, il n'y a jamais eu quelqu'un qui venait d'Allemagne dans ma chambre. Tu vois, c'est comme ça, la grâce. »*

Dimanche matin, il y a eu un exposé donné par un autre Swami. Il a dit qu'il fallait être témoin, ça voulait dire observer les émotions qu'on ressent, plutôt que de réagir immédiatement. Pour cela, on devait être conscient de la partie de nous-mêmes qui observe ce qui se passe en nous et voit ce qui nous agite. De cette façon, on pouvait éviter de faire ou dire des choses qu'on pourrait regretter par la suite. C'était un défi, il fallait vraiment faire un effort pour y arriver.

J'écoutais avec attention, ce qu'il disait ressemblait à ce que j'avais entendu dans l'atelier, en plus élaboré.

Toute la journée du samedi j'avais espéré que le Maître viendrait. On ne savait jamais si elle allait venir, ni quand, mais ce n'était pas important, m'avait-on dit, tout était imprégné de sa grâce, qu'elle soit présente ou non. Le dimanche matin, assise dans mon fauteuil, j'écoutais l'orateur parler quand j'ai ressenti quelque chose dans la poitrine, un léger mouvement dans la région du cœur, comme si une main me touchait à l'intérieur. J'ai tourné la tête vers la gauche et je l'ai vue debout dans l'allée. J'étais contente, enfin elle était là. Elle portait aussi une longue robe rouge, elle était très mince. Elle a descendu l'allée, en arrivant à son fauteuil, elle s'est inclinée devant le portrait de son Maitre qui était au-dessus, puis elle s'y est assise, dans un mouvement gracieux, elle a replié ses jambes sous sa robe pour s'asseoir les jambes croisées.

On a chanté avec elle, sa voix était très agréable. Quand elle a pris la parole. j'ai trouvé qu'elle disait beaucoup de choses, j'avais du mal à suivre. Je crois que je commençais à être fatiguée, tout en étant stimulée, surexcitée même, par toutes les impressions nouvelles. C'était un monde nouveau qui s'ouvrait à moi, qui m'arrivait d'un seul coup, je n'étais pas préparée.

Puis le Maitre nous a donné des instructions de méditation. Elle nous a dit de répéter le mantra. J'ai suivi ce qu'elle disait, j'ai mis mon ancien mantra de côté et j'ai médité avec le nouveau.

A la fin, il était six heures du soir, on nous a dit qu'il y aurait le Darshan, la possibilité de s'approcher du Maitre. Très vite les gens se sont placés dans l'allée, cinq à la fois. J'étais impatiente, je ne voulais pas faire attendre les gens avec qui je rentrais. On voulait partir le plus tôt possible, on avait plus de six heures de route à faire. Je me suis placée dans la queue en passant devant des gens, je me suis sentie coupable d'avoir triché. En attendant j'étais impatiente, ça avançait très lentement.

Le Maître avait à la main une sorte de plumeau, fait de plumes de paon, avec lequel elle touchait la tête des gens à genoux devant elle. Quand je suis arrivée devant, une femme est venue sur la droite, elle criait le nom du Maître. Elle était très agitée. Toute l'attention s'est portée sur elle. Le Maitre a ordonné avec fermeté : « *Amenez-la au temple.* »

J'ai fait comme les autres, je me suis mise à genoux, je me suis prosternée, j'ai senti le plumeau sur ma tête, deux fois même, puis on nous a indiqué de nous lever et de partir. J'étais un peu déçue. Il ne s'était rien passé, je n'avais rien ressenti de particulier. Elle ne m'avait même pas regardée. Ce n'est que plus tard, des années plus tard, qu'il m'est apparu que cette femme agitée n'avait pas été là par hasard, elle avait à voir avec moi, elle me représentait, elle était mon âme éperdue qui ne savait pas comment recevoir tout ça.

Pendant le trajet du retour, assise à l'arrière de la voiture, je repensais à ce qui s'était passé pendant ce week-end, beaucoup de choses m'échappaient, mais une chose était claire. L'univers qui s'était ouvert à moi, je voulais le connaître, je voulais comprendre. Ce que j'avais vécu, l'émotion révélatrice, les moments de joie pendant le chant et la méditation, je voulais les retrouver.

Plus tard, j'ai compris que l'histoire qui m'avait touchée avait rejoint la partie de moi qui se languissait de l'expérience de dévotion, de l'abandon dans l'amour de Dieu. Comme ce que j'avais vécu à l'âge de onze. Pendant plus d'un an je m'étais levée tôt le matin pour aller à la messe de sept heures avant d'aller à l'école. Autant les sermons du dimanche m'énervaient, autant j'aimais l'atmosphère intime et pieuse de la messe du matin, on était très peu à y assister. Je m'absorbais dans la prière, j'y trouvais un bonheur intérieur, une sorte de paix. Puis j'ai été troublée par la puberté, j'ai cessé d'y aller.

Une autre fois aussi, bien plus tard, quand j'avais déjà des enfants, j'avais été en contact avec ma nostalgie de la prière. J'avais vu un reportage sur des sœurs carmélites qui passaient de longues heures à prier, j'avais senti la sérénité qui les habitait. J'avais pensé que j'aimerais vivre ainsi.

Le Maître a dit que l'initiation spirituelle, c'est comme quand dans un ciel sombre les nuages s'écartent et la lune paraît, illuminant le paysage jusque là caché. C'était bien ce qui m'était arrivé. D'un seul coup, j'avais vu clairement, retrouvé le désir profond qui m'habitait : ma vie avait changé de sens, trouvé une nouvelle perspective. Tout en moi avait dit : oui, c'est ça que je veux.

Comme par le courant d'une rivière

A peine cinq jours après l'Intensive, Christoph est arrivé à Montréal. Comment partager avec lui ce qui m'était arrivé ? Je ne pouvais pas garder ça pour moi, c'était trop important, je pressentais que c'était un tournant majeur dans ma vie. Mais il fallait d'abord qu'il fasse l'expérience de la méditation, sinon il ne pourrait pas comprendre. Depuis un bon moment déjà, je lui suggérais d'apprendre, il était ouvert à l'idée.

Il avait été à une réunion d'information sur la Méditation transcendantale, mais il était trop occupé pour prendre le cours en Allemagne. J'avais pensé qu'il pourrait faire la formation à Montréal avant qu'on parte en vacances. Il avait donné son accord pour que je me renseigne sur les cours disponibles.

Au centre de la MT, ils ne donnaient pas de cours en juillet. Au Centre de Yoga, non plus. La femme à qui j'ai parlé m'a dit :

- « *Vous avez fait l'Intensive, pourquoi est-ce que vous ne lui apprenez pas vous-même comment méditer ? Vous pouvez lui expliquer, la respiration, le mantra.* »

Je ne m'attendais pas à ça. J'avais appris la MT dans un cours de plusieurs heures, réparties sur quatre jours, et qui avait coûté quelques centaines de dollars. Ça bousculait mes concepts, mais en fait j'aimais cette façon de voir. Est-ce que ça pourrait être aussi simple ? J'en ai parlé à Christoph, il a été tout de suite d'accord. Il aimait l'idée d'apprendre avec moi.

On est partis en voiture, j'ai redécouvert avec lui la beauté de la

Gaspésie, on a aimé ensemble le voyage en bateau jusqu'aux Iles de la Madeleine, qu'il a adorées : elles lui rappelaient l'Irlande. On a habité dans une maison rustique ravissante à flanc de colline, au milieu d'un champ couvert de marguerites.

J'ai attendu le moment propice. Puis un dimanche matin où on était calmes tous les deux, je me suis sentie prête. On s'est assis dans la pièce du haut, sur des chaises en bois. J'ai expliqué qu'il fallait s'asseoir droit, dans une posture aussi détendue que possible, observer sa respiration, et puis graduellement commencer à répéter le mantra intérieurement en harmonie avec les mouvements d'inspiration et d'expiration.

A côté du lit où on s'était aimés la veille, on a médité. Il n'y avait pas contradiction. Après une demi-heure, je me suis levée, pour indiquer qu'on pouvait arrêter. Il est resté assis encore quelques minutes. Il avait aimé, il se sentait calme.

On a continué à méditer ensemble le matin. L'énergie de la méditation nous rapprochait, elle était semblable à celle que nous sentions en faisant l'amour, quand nos âmes s'unissaient.

Une fois, après avoir médité, Christoph m'a regardée intensément, puis il a dit :

- « *Je vois la grâce, elle coule de toi*, il a fait un geste de long de mon bras, *elle dégouline.* »

Je remarquais que ma méditation avait une qualité différente d'avant, j'en ressortais avec un sentiment d'amour, d'acceptation, j'étais consciente du sourire ravi sur ma figure. Je me sentais pleine de la dévotion que j'avais découverte en moi pendant mon initiation, et ce sentiment était semblable à ce que je ressentais envers Christoph, et je voyais que lui aussi était imprégné de dévotion : nos gestes d'amour en étaient empreints, notre façon d'être attentifs l'un à l'autre, de nous laisser guider par notre intuition.

Je souhaitais encore plus vivre avec lui. Je lui ai redit que je me sentais maintenant prête à faire le saut. Quand je lui en avais parlé en mai, il avait été réticent. Je ne comprenais pas, n'était-ce pas ce qu'il avait toujours voulu ? Bien sûr, j'avais déjà fait marche arrière deux fois, je pouvais comprendre qu'il ait des doutes. J'avais changé, j'étais sûre de ce que je voulais, mais je n'arrivais pas à le convaincre.

Il pensait qu'avant de couper les ponts, je devrais essayer d'obtenir de nouveau un congé de mon travail. Il me semblait peu probable qu'on me l'accorde, j'en avais déjà obtenu deux.

Plus on en parlait, plus je devenais impatiente, je ne voyais pas comment on pourrait arriver à une décision.

Vers la fin de notre séjour aux Iles, j'ai eu une méditation qui m'a marquée : j'ai eu la vision de notre maître et j'ai entendu un message : « *Dieu m'aime, je suis aimée, je participe à l'énergie de l'amour.* »

Quelque chose s'est produit en moi. J'ai lâché prise, je me suis abandonnée à la conviction que quoi qu'il arrive ce serait bon, même si ça devait prendre une forme différente de celle que je voulais. J'ai senti s'installer en moi un état de grâce.

La surprise, ça a été quand Christoph m'a dit qu'il me sentait différente. Nous nous sommes embrassés voluptueusement, il m'a dit :

- « *Je sens que tu t'abandonnes sans attente, tu n'exiges rien. Tu donnes à partir de l'abondance, et non par besoin. Tu flottes sur l'énergie.* »

J'étais étonnée qu'il soit à ce point sensible à moi, qu'il perçoive aussitôt les effets de l'expérience subtile que j'avais eue.

Notre union physique a été sans effort, une fusion d'énergie : on se laissait porter, comme par le courant d'une rivière. Chaque geste d'amour nous donnait du bonheur, était plein en lui-même. Il n'arrêtait pas de dire qu'il m'aimait, que notre rencontre était encore plus belle qu'avant.

Etait-cela que j'avais à apprendre, une fois de plus ? Laisser aller ma peur, mon besoin de commander les événements, mon ego ? Faire confiance à Dieu, à la grande énergie de l'univers qui me guidait à travers les expériences que je vivais ? Apprendre que ce n'était pas de lui que je devais attendre cette paix profonde, comme je l'attendais au début de notre relation, quand il me semblait que faire l'amour avec lui m'ouvrait les portes du ciel.

Je voyais que c'était en moi que je pouvais trouver cette paix, reprendre le fil qui me relie à l'énergie suprême qui est lumière et amour. Cette grâce venait d'elle-même, je ne la commandais pas, mais je sentais que je la favorisais par la méditation.

Quand je tenais ce fil, il émanait de moi une énergie qui attirait Christoph. Ce n'était pas avec des mots que je pouvais communiquer cette expérience, il suffisait que je la vive. Alors je ne dépendais plus de ses manifestations d'amour, et c'est exactement à ce moment-là qu'il me les donnait en abondance.

Ma colère et moi

Le chemin qui s'était ouvert devant moi durant l'Intensive, je pouvais le continuer en assistant à des Satsang, des soirées de chant et de méditation, que le Centre de Yoga de Montréal offrait toutes les semaines.

En août, après les vacances avec Christoph, j'y suis allée. Le Centre était situé au premier étage d'une maison. Dans le Hall d'entrée, au rez-de-chaussée, un homme qui portait un badge d'accueil m'a souhaité la bienvenue en souriant et m'a indiqué l'escalier. Au-dessus du palier au milieu de l'escalier, une grande photo de notre maître, le visage jeune et rond, au-dessus d'elle l'inscription : « See God in each other. » Ça m'a frappée.

En haut, une femme m'a accueillie et montré la pièce où je devais laisser mes chaussures. Dans la salle, une autre femme m'a demandé si je voulais m'asseoir par terre ou sur une chaise, j'ai choisi une chaise, elle m'a désigné une place et m'a remis une feuille plastifiée où il y avait les paroles d'un chant en hindi. Quand le programme a commencé, j'ai vu que c'était le même que j'avais entendu plusieurs fois pendant l'Intensive. Une femme s'est avancée vers le fauteuil, surmonté d'une photo de notre Maître. Elle ne portait pas de sari, mais des vêtements de ville. Elle tenait un plateau où il y avait une flamme et une fleur, elle a fait pendant le chant un mouvement gracieux de pendule, comme je l'avais vu faire pendant l'Intensive. J'ai appris qu'on appelait ce rituel Arati.

L'animateur a parlé. Je ne sais plus ce qu'il a dit, mais je me souviens qu'il m'a paru très sincère. Puis deux musiciens ont commencé à jouer, un de l'harmonium, l'autre d'un tambour indien de forme oblongue. Un petit groupe à l'avant chantait une phrase de quelques mots, l'assistance la répétait. J'ai trouvé la mélodie belle, j'ai aimé mêler ma voix à celle des autres. Je me suis absorbée dans le chant. Puis on a médité. En sortant de la soirée, qui avait duré une heure et demie, je me suis sentie légère.

J'y suis retournée quelques fois. Un jour, j'ai appris qu'il y aurait une autre Intensive à la mi-septembre. On pouvait aller à l'Ashram de New York pour y participer, mais on pouvait aussi la suivre à Montréal, où elle serait transmise par audio. J'avais la nostalgie de revivre l'expérience. J'ai décidé de faire l'Intensive à Montréal, j'étais contente de ne pas avoir à voyager.

Elle portait le titre « La perle bleue », une expression qui désigne le point lumineux qui est vu quelquefois en méditation et qui est le Soi intérieur. Le premier jour nous avons médité pendant de longues périodes de temps. L'animateur nous a dit de valoriser ce que nous voyions, quelle que soit la forme qu'on verrait, ce serait une manifestation de la perle bleue. J'ai médité aussi intensément que j'ai pu, à certains moments j'ai vu une lueur. Etait-ce la perle bleue ? Je n'étais pas sûre.

A la fin de la deuxième journée, pendant la dernière période de méditation, au lieu de diffuser une musique douce comme d'habitude, on a fait entendre des bruits désagréables, grincement de portes, bruits de construction, marteau, scies électriques. Je me suis dit :

« Ah oui, je comprends, maintenant on veut nous apprendre à méditer en dépit des bruits extérieurs, d'accord, je vois. »

Je me suis efforcée d'ignorer les bruits, de répéter le mantra. Au micro ils ont dit qu'un des Swamis avait protesté auprès de notre Maître, il trouvait que c'était trop. Puis les bruits ont continué de plus belle. D'un seul coup, j'en ai eu assez. J'ai ouvert les yeux, j'ai regardé autour de moi tous ces gens aux yeux fermés. Je ne savais plus ce que je faisais là, je me sentais étrangère, déconnectée.

Peu après, la méditation a cessé, l'animateur à l'Asram a dit que notre maître avait eu une vision des participants en train de danser. Il a invité les gens à participer à la danse pour terminer l'Intensive. On a dégagé un espace à l'avant, les gens se sont levés.

Je n'avais pas le cœur à ça, mais je savais d'expérience que si je restais à ma place, je me sentirais encore plus mal. Alors j'y suis allée. Les musiciens jouaient : « *Hare Rama Hare Krishna* », les participants chantaient en dansant en cercle un pas que j'ai pu suivre facilement. C'était bizarre, ça me rappelait les gens habillés de robes roses, la tête rasée, que j'avais vu danser au Square Philipp à Montréal en chantant cette mélodie. Quand même, j'ai été contente de bouger.

En sortant, j'ai cherché Gervaise, je ne l'ai pas trouvée. J'avais faim, je suis allée dans un restaurant où il y avait un buffet végétarien, puis je suis rentrée à la maison. Je me sentais seule avec mon problème. Je ne savais plus quoi penser. J'avais tellement adhéré à tout ce que j'avais entendu jusque là dans ce Yoga, j'avais tellement aimé leur façon d'expliquer, les chants, les rituels. Je ne comprenais pas ce qui m'arrivait. Je tournais tout dans ma tête, essayant de trouver le sens.

Le lendemain, je ne travaillais pas à cause d'une grève. Je suis restée à la maison et j'ai continué à réfléchir. Je ne comprenais pas pourquoi les autres participants n'avaient pas réagi comme moi, ils semblaient contents à la fin. Puis une chose est devenue claire pour moi : ce qui était arrivé, c'est que je m'étais fâchée. J'avais eu une réaction de colère, pour moi une limite avait été dépassée. Peu à peu, j'ai commencé à comprendre que la colère, c'était mon mode de réaction. Devant une situation difficile, je ne m'effondrais pas en larmes, je me fâchais.

Quand Gervaise a fini par me rappeler l'après-midi, j'avais fait le chemin. J'ai reçu tout de suite ce qu'elle m'a dit, qu'il s'agissait de moi, que je devais regarder ce que cet événement m'apprenait sur moi. J'ai commencé à comprendre que cette colère m'appartenait, qu'elle faisait partie de moi. La provocation avait fait sortir de moi ce qui y était déjà. On m'avait présenté un miroir.

Je n'étais pas sans savoir que je faisais des colères. Déjà, quand j'étais petite, on me surnommait la soupe au lait, parce que je me montais vite. Un jour, nous étions adolescents, mon frère m'avait dit que j'avais fait une sainte colère, quand j'avais explosé à cause d'une situation qui m'était devenue intolérable. J'avais compris qu'il disait sainte pour exprimer que j'étais convaincue d'avoir raison.

Je le savais, mais je préférais ne pas y penser. J'oubliais mes colères. J'aurais bien voulu me voir comme une personne gentille et douce. Ce que je venais de vivre m'obligeait à regarder la réalité. Je me suis souvenue de certaines colères que j'aurais voulu ignorer. C'était dur d'admettre que j'avais ce côté agressif, ça faisait mal.

Deux jours plus tard, j'ai parlé avec une jeune fille avec qui j'avais déjà travaillé dans les ateliers. Je lui ai raconté ce que j'avais vécu, elle m'a dit qu'elle avait de moi l'impression que je pouvais facilement exploser. Normalement, j'aurais été fâchée d'entendre ça. C'était dur pour mon orgueil, mais j'ai vu qu'elle aussi, elle me présentait un miroir. J'avais le sentiment de découvrir quelque chose que je n'avais pas vu avant, l'effet que je pouvais produire sur les autres.

C'est sans doute la grâce qui a fait que je ne me suis pas fait trop mal avec ça. J'ai surtout vu qu'il m'appartenait de travailler là-dessus. Je pouvais changer, c'était à ma portée de le faire. Le miroir qui m'avait été présenté me ramenait sur le plancher des vaches.

Je suis retournée au Centre avec un sentiment d'humilité et d'acceptation. Je croyais de nouveau à la démarche. Je comprenais ce que ça voulait dire, la purification.

J'ai ressenti de la reconnaissance envers mon maître spirituel d'avoir employé ce moyen inusité pour m'indiquer ce que j'avais à faire pour devenir une meilleure personne. Je me suis sentie confirmée dans le choix de cette voie.

Quelques jours plus tard, je suis allée voir un film Québécois sur une saga familiale bien connue. En le regardant, je me suis aperçue qu'au lieu de voir les défauts des personnages, comme j'aurais fait avant, je percevais l'affection entre les membres de la famille. Cela m'a fait réaliser que ma perspective avait changé, j'étais devenue plus sensible à la bienveillance, pas seulement dans ce film, mais dans mes relations ; mon attention était dirigée autrement, je captais plus qu'avant les manifestations d'amour.

Moment de béatitude

Au Centre de Yoga j'ai vu une affiche. On allait présenter un exposé de notre Maître spirituel, sur vidéo. J'ai ressenti un grand désir d'entendre cet exposé. Je ne pouvais pas. Le soir de la présentation, deux semaines plus tard, mon amie Jeannine m'avait invitée chez elle : elle cuisinerait de bons plats comme elle savait le faire. C'était un repas pour me dire au revoir, l'échéance de mon départ pour l'Allemagne se rapprochait. Je n'ai pas osé lui dire que je préférais aller au Centre Yoga. J'ai regretté de devoir manquer l'exposé.

Après avoir accepté cette invitation, j'ai dû en refuser deux autres, une de ma mère, l'autre de ma fille Pascale. Elles aussi voulaient me dire au revoir en m'invitant à souper.

Ce dimanche-là, j'ai pris la route vers six heures. Jeannine habitait à l'extérieur de Montréal. Il s'est mis à neiger. C'était la première neige de l'hiver, la plus dangereuse, elle rend la route glissante. J'ai vu que les voitures devant moi diminuaient leur vitesse, la circulation est devenue très lente. J'ai pris peur. Je ne voulais pas conduire trente kilomètres dans ces conditions, c'était trop risqué. J'ai rebroussé chemin. Au téléphone Jeannine était déçue, ça m'a fait de la peine.

J'ai appelé maman, elle avait déjà mangé, on reprendrait rendez-vous une autre fois. Pascale avait prévu d'aller chez ma sœur, je pourrais me joindre à elles. J'ai dit que j'irais les retrouver plus tard.

J'étais libre, je pouvais assister à la vidéo. J'étais contente. Au Centre de Yoga, il y avait beaucoup de monde, toutes les chaises étaient occupées, les gens assis sur le tapis étaient très près les uns des autres. J'ai trouvé une petite place par terre, au milieu des femmes. Je n'avais pas l'habitude de m'asseoir ainsi, j'ai plié mes jambes devant moi, mis mes bras autour de mes genoux. Ce n'était pas confortable, mais ça m'était égal.

Quand la vidéo a commencé, j'ai regardé attentivement. Notre Maître était assise dans un grand fauteuil, les jambes croisées sous sa robe. Son visage était serein, sa voix claire et agréable. Elle parlait en langue Hindi. Près d'elle, une femme debout devant un microphone traduisait en anglais.

Je regardais notre Maître, l'expression de son visage, j'écoutais sa voix, le son de cette langue que je ne comprenais pas. Elle s'arrêtait après chaque phrase pour permettre à l'interprète de parler. Je continuais à la regarder, j'étais totalement absorbée dans ma contemplation. Je percevais le sens des phrases en anglais, mais c'était comme secondaire, j'étais centrée sur ce que je ressentais, fascinée par l'énergie subtile et forte qui émanait d'elle.

Après l'exposé, on a médité. En sortant du Centre, je suis allée chez ma sœur. J'étais contente de les retrouver, elle et ma fille. Toutes les trois, on formait un triangle affectueux, ma sœur plus jeune que moi de douze ans, Pascale plus jeune que ma sœur aussi de douze ans. On se comprenait toutes les trois, on s'aimait beaucoup.

Pendant que je parlais avec elles, je me suis rendue compte que je me sentais différente. J'éprouvais un bonheur nouveau, comme s'il y avait une lumière en moi. J'étais présente à elles d'une autre façon, un peu détachée. Une joie inhabituelle m'habitait. J'avais envie de rire, sans raison.

Je n'ai pas parlé de mon expérience. Comment aurais-je pu leur expliquer qu'un maître spirituel que je n'avais même pas vu en personne avait pu me transmettre son énergie, m'infuser quelque chose de son état intérieur ? Elles n'auraient pas compris. Moi non plus, je ne le comprenais pas, mais je le vivais, c'était réel.

Le lendemain, au travail, j'ai vaqué à mes occupations. L'après-midi, en marchant dans un couloir, soudain j'ai pris conscience que j'étais totalement heureuse, je ressentais une sorte de béatitude, un sentiment fort qui m'habitait totalement. J'ai continué à faire ce que je devais faire, en même temps je flottais, étonnée, dans une euphorie qui venait de nulle part, qui était juste là.

Après le travail, j'avais rendez-vous avec une femme notaire qu'une amie m'avait recommandée. Je n'étais jamais allée chez elle. J'ai pris l'autoroute et essayé de suivre les instructions qu'elle m'avait données au téléphone. J'ai pris une sortie, tourné à droite puis à gauche, je n'ai pas trouvé l'endroit. Je l'ai encore appelée, elle a tenté de m'expliquer, rien n'y a fait. Après quarante minutes j'ai abandonné, je suis rentrée chez moi.

Cette recherche avait diminué le sentiment d'euphorie. Je me suis demandé si le bonheur intense que j'avais ressenti m'avait détachée de la réalité, rendue incapable de fonctionner normalement.

Le lendemain et les jours qui ont suivi, j'ai regretté d'avoir eu cette peur. J'ai eu la nostalgie de ce bonheur que je ne pouvais pas provoquer, j'ai souhaité le revivre.

Pour de bon

En septembre, j'avais demandé à mon nouveau patron si je pourrais obtenir de nouveau un congé de mon travail. Il n'avait pas montré d'ouverture à cette idée ; selon lui, je devais me demander si je voulais vraiment continuer dans ce travail. J'ai trouvé qu'il n'avait pas tort.

En octobre, Christoph est venu passer une semaine à Montréal, avant de partir pour Calgary où il devait faire des recherches et participer à un congrès.

Après deux mois de séparation, de nouveau ses bras autour de moi, ses baisers. Une semaine, c'était beaucoup trop court. Ça ne pouvait pas continuer comme ça. J'ai exprimé mon envie de le rejoindre. Cette fois, je n'ai pas senti de réticence chez lui. J'avais dû être convaincante, il ne doutait plus de ma résolution.

Désormais c'était clair : si je voulais vivre avec lui, il fallait que je quitte mon emploi. Je lui ai dit que si je venais pour de bon, j'aimerais qu'on se marie. C'était important pour moi, dans ce pays étranger, d'être officiellement sa femme, de consacrer ainsi notre couple ; de cette façon il me donnerait une sécurité financière que je ne pourrais plus assurer moi-même. Il aurait pu vivre avec moi sans m'épouser, mais il comprenait mon point de vue. On s'est entendus pour se marier aussitôt qu'il aurait obtenu son divorce.

Après son départ, j'ai continué ma réflexion. Fin octobre, j'ai écrit dans mon journal les raisons pour lesquelles je voulais vivre avec lui, « *pour m'en souvenir dans les moments de crise* ».

Je voulais vivre avec lui pour m'équilibrer, pour que son énergie masculine équilibre mon énergie féminine. Christoph avait dit qu'il ne comprenait pas tout à fait ce que ça voulait dire. Moi, je le comprenais de façon diffuse, c'était un autre équilibre que celui que je me donnais à moi-même.

Je voulais vivre avec lui pour progresser dans la connaissance de moi. Quand j'avais raconté à Gervaise comment Christoph m'apprenait à être consciente de moi, elle m'avait dit qu'en un sens il avait été mon maître.

Je voulais aimer, l'aimer, voir Dieu en lui comme le dit notre Maître. Je voulais faire face à nos différences, apprendre à lui faire confiance, à exprimer mes besoins. Je voyais que c'est facile d'être seule, sans confrontation ; j'avais envie de relever le défi de la vie à deux.

Je voulais vivre ma sensualité et ma tendresse avec lui, goûter notre amour physique tout en évoluant vers la tendresse qui, elle, ne passerait pas, j'en étais sûre.

Le 28 octobre, nous nous sommes parlé au téléphone. Il m'a dit qu'il était prêt, que je pouvais venir quand je voudrais, qu'il me voulait, et aussi qu'il pourrait attendre jusqu'en avril. Notre conversation était pleine de désir et de sérénité. Elle m'a donné l'impression que tout était clair, que nous voulions être ensemble.

Il m'a dit aussi de prendre plaisir à me préparer, de ne pas me stresser.

Je me suis donné encore une journée pour réfléchir : tout de suite ou en avril ? Je ne voyais pas ce que ça donnerait d'attendre. Je me sentais prête, j'avais la certitude que j'arriverais à faire le nécessaire avant Noël.

Pour moi le temps était venu d'agir. C'était sans doute les expériences spirituelles que j'avais vécues depuis mon initiation en juillet qui m'avaient stimulée: je me sentais portée par une énergie que je n'avais jamais connue avant, je me suis mise à définir les pas que j'avais à faire, j'ai dressé des listes. J'avais l'esprit clair, je prenais des décisions rapidement.

En moins de deux mois, j'ai réussi à me séparer de toutes les choses qui se trouvaient dans ma vie jusque là. J'ai trouvé un locataire pour mon appartement, distribué mes meubles entre mes filles, ma sœur et mon ex-mari. Ma sœur Marie-Louise et son mari ont accepté que je laisse chez eux des cartons et des vêtements que je viendrais chercher plus tard. J'ai organisé le déménagement.

Fin novembre il y a eu la première Intensive transmise en direct par satellite, à partir de l'Inde ; pour nous, à cause de la différence d'heure, les séances étaient le soir et le matin.

Notre Maître y apparaissait souvent à l'écran, généreuse de sa présence : elle nous parlait, chantait des mantras avec nous, nous guidait en méditation. Une véritable plongée dans un bain de grâce stimulante. Elle nous a dit de renoncer à l'idée que nous sommes séparés de Dieu, de devenir conscient de l'espace à l'intérieur de nous, de développer notre sagesse.

Je me sentais forte, soutenue par la puissance de ces pensées et par l'énergie que m'insufflaient le chant et la méditation. Je n'avais plus peur, j'avais confiance en moi, en Dieu. Portée par cette confiance, j'ai réglé les ultimes formalités, fait mes adieux à mes collègues, mes amies, ma famille. Toutes ces activités créaient une tension en moi, mais je restais centrée. Je suis partie sereine vers ma nouvelle vie.

En bonne compagnie

Je suis arrivée à Osnabrück le 15 décembre. Christoph m'a accueillie avec un mélange de joie et d'incrédulité. Plusieurs fois il m'a demandé :

- « *Tu restes vraiment? Tu ne vas pas repartir ?* »

Le lendemain, on est allés chercher les enfants, ils ont passé le dimanche avec nous. On a fêté Noël comme les années précédentes avec les enfants, chez Edith, son ami Michael était là aussi. Dans le salon, elle avait installé un grand sapin, orné de décorations traditionnelles qu'elle collectionnait, on a mangé et distribué des cadeaux.

Je renouais avec eux, avec les amis, avec les parents de Christoph qu'on est allés voir à Hambourg. Je me remettais dans la vie que j'avais connue, je me réhabituais.

En même temps, je voulais garder la nouvelle dimension qu'il y avait désormais dans ma vie, je souhaitais prendre contact avec des gens qui pratiquaient le Yoga de perfection en Allemagne. Avant mon départ de Montréal, j'avais écrit à Mathilde, que j'avais connue à l'Ashram. Elle vivait dans la même région que Christoph, elle me renseignerait.

Peu après Noël, elle m'a appelée pour me dire que le groupe de Yoga allait faire une fête pour la Saint-Sylvestre. Ça se passerait chez une des membres, ils chanteraient des mantras et à minuit ils mangeraient, chacun allait apporter un plat. J'ai été surprise, je ne m'attendais pas à ça. J'avais envie d'y aller.

Dans le nord de l'Allemagne, les gens fêtent souvent le 31 décembre avec des amis. Depuis des années, Christoph et moi, on avait toujours été invités chez un couple. On y retrouvait leurs amis et voisins, on mangeait, on dansait. A minuit on buvait du champagne et on regardait les feux d'artifice du voisinage.

Cette année là, nos amis étaient partis en Afrique, on n'avait pas d'autre invitation. J'ai parlé à Christoph de la soirée du groupe de Yoga.

Christoph a hésité. Il aurait préféré trouver des amis avec qui fêter. On en a discuté, quand il a vu que c'était important pour moi, il a accepté d'aller au groupe de Yoga. Il s'est fait expliquer par Mathilde comment y aller. C'était dans une petite ville à environ 30 kilomètres.

Notre hôtesse s'appelait Ulla, elle habitait une grande maison cossue. Elle nous a accueillis chaleureusement. On a chanté dans une pièce de séjour où il y avait des photos des maîtres, des fleurs, des bougies, comme dans les centres de Yoga. Certains participants étaient assis par terre, d'autres, comme moi, sur des chaises. Pendant le chant, on pouvait, si on voulait, aller se sustenter dans la pièce d'à côté. Je me demandais comment Christoph trouvait ça, puis j'ai pensé qu'il devait aimer, puisqu'il n'est pas sorti, il est resté à chanter. Moi aussi j'aimais, mais je suis quand même sortie pour boire quelque chose. A minuit, il y a eu le chant joyeux que je connaissais déjà, pendant qu'une femme faisait la cérémonie de l'Arati. Puis on s'est retrouvés avec les autres, à manger, on était une douzaine de personnes.

On m'a dit que le groupe se réunissait une fois par semaine pour un Satsang, près de Münster, à une demi-heure de route d'Osnabrück. Je me suis dit que j'aimerais y aller.

Le soutien arrivait par la poste

La première semaine de l'année, j'ai eu une forte grippe, je toussais, j'avais de la fièvre. Etait-ce mon corps qui marquait le coup du changement que je venais de vivre ? Christoph s'est occupé tendrement de moi, j'ai vu qu'il s'inquiétait. Quand on a constaté que la fièvre durait, il a fait venir une amie qui était médecin, elle m'a prescrit des antibiotiques.

Le 8 janvier, je commençais ma convalescence, c'était la première journée « normale ». J'étais contente d'être là, je me sentais à la bonne place. Je ne ressentais pas de doute quant au pas que je venais de faire. Je voulais vivre avec cet homme, bâtir une nouvelle vie avec lui.

J'aimais la chaleur de notre appartement, l'intimité de nos moments ensemble. Il me semblait que nous avions une nouvelle base, faite de complicité, de respect aussi. J'avais envie de laisser venir les choses, je voulais prendre du temps pour décanter, ne pas me jeter trop vite dans l'action.

Christoph, par contre, m'incitait à ne pas trop attendre, il craignait que le manque d'activité ait un effet déprimant. Alors j'ai suivi son conseil, j'ai fait une liste de ce que je voulais faire pour occuper mes journées. Il y avait entre autres mieux apprendre le traitement de texte avec Word.

Une des choses importantes pour moi était de poursuivre mon chemin spirituel et de rester en contact avec le Yoga de perfection. J'avais prévu de le faire en prenant le cours par correspondance.

Mon amie Gervaise m'en avait parlé, elle croyait qu'il pourrait m'aider pendant mon adaptation. Elle m'avait conseillé de m'abonner. J'avais envoyé mon inscription à l'avance de façon à recevoir les premières lettres dès le début de l'année.

J'avais hâte de voir le cours. La première enveloppe est arrivée fin décembre. Il y avait deux lettres d'une dizaine de pages en caractères faciles à lire et une introduction de quatre pages, le tout en anglais. On avait un mois pour lire les deux lettres, j'ai choisi de lire chacune pendant deux semaines.

Dans l'introduction, l'auteur, Ram, expliquait que ce cours était différent. L'important n'était pas le texte, mais le processus déclenché chez le lecteur et différent pour chaque personne. Le cours était un véhicule de la grâce, ou shakti, il mettait en contact avec un espace subtil, une vibration. Ram suggérait de relire chaque lettre plusieurs fois, plus on la lisait plus le processus s'intensifiait. Il recommandait d'observer notre expérience intérieure.

J'ai commencé à lire la première lettre, après deux pages j'ai arrêté. J'avais besoin de faire une pause, de réfléchir à ce que je venais de lire, et puis un peu plus tard, j'ai continué à lire. Il y avait plusieurs thèmes, l'auteur citait notre Maître à propos du but à poursuivre, connaître l'expérience du soi : dans un autre passage, l'auteur parlait de l'importance ne pas dire du mal des autres, dans un autre passage encore, il disait que le secret pour percevoir les autres de la bonne façon, c'est de toujours être celui qui voit, pas celui qui est vu, que Celui qui voit est le Soi.

J'ai lu la lettre et l'ai relue plusieurs fois dans les jours qui ont suivi. J'ai continué à y réfléchir pendant la journée ; le soir j'en lisais une ou deux pages avant de me coucher et je m'endormais paisiblement.

A mesure que les semaines passaient, j'ai pris conscience des difficultés que j'éprouvais à vivre pour de bon en Allemagne. J'avais cru que j'étais bien préparée. Je parlais assez bien la langue, j'avais fait deux longs séjours « à l'essai », je connaissais la vie quotidienne, j'avais quelques amies.

Je ne m'attendais pas à ce que ce soit un choc de me retrouver là, sans ma famille, mon travail, mes amies, sans mon réseau de contacts. Je me sentais diminuée, réduite. Je n'avais plus la même prise sur le monde. J'avais perdu mon assurance, j'étais intimidée devant la caissière de l'épicerie, j'avais même peur de conduire la voiture. J'étais devenue fragile, vulnérable.

Le cours par correspondance m'offrait une ancre, m'aidait à structurer ma journée. Quand Christoph partait, je prenais la lettre, elle orientait ma réflexion, je l'appliquais à ma vie. Le jour où j'ai lu que nos pensées créent notre réalité, j'étais justement critique, je trouvais que Christoph gérait mal son temps, il était souvent en retard, ça m'énervait. J'ai compris que les pensées que je choisissais d'avoir affectaient notre vie, quand je voyais plutôt ses qualités cela créait une ouverture entre nous.

Cette idée s'appliquait aussi à ma façon de considérer ma vie passée. Je savais que si je songeais constamment à ce que j'avais quitté, je me rendrais malheureuse, et je créerais un sentiment de manque. J'ai choisi de me concentrer sur ce que je vivais. Ma pratique de la méditation m'aidait à me centrer sur le moment présent.

Les lettres livraient des enseignements divers, certains concrets, d'autres profonds et étonnants. Petit à petit, ils révélaient une vision de Dieu et du monde, une sagesse profonde. Par petites touches, ils peignaient un tableau qui me fascinait, qui répondait à mon désir profond de comprendre.

Plusieurs lettres avaient pour thème l'ouverture du cœur, l'acceptation de soi et des autres. Elles m'inspiraient dans ma relation avec Christoph, m'aidaient à vivre l'amour dans le quotidien, à lui pardonner des impatiences, à me pardonner mes emportements.

Là où nous habitions le temps était souvent nuageux, mais le soleil paraissait quelquefois tôt le matin. C'était mon moment préféré pour sortir et aller marcher autour d'un petit lac près de chez nous, entouré d'arbustes. Le long du sentier qui l'entourait, il y avait des bancs où je m'asseyais pour lire. J'ai vécu des moments heureux après avoir lu quelques pages d'une lettre, à contempler la nature, le ciel, les bosquets, à écouter le chant des oiseaux, à m'amuser en voyant les canards qui au printemps marchaient sur la rive suivis d'une portée de canetons.

Au printemps, une perspective professionnelle s'est ouverte, la prise en charge d'un cours à l'Université pour l'enseignement du français. J'ai fait une demande et j'ai été acceptée. Alors, j'ai été un peu plus occupée. J'ai retrouvé l'enseignement avec plaisir, j'avais toujours aimé le contact avec les apprenants.

Tout au long de l'année, j'ai continué à lire mon cours, que je sois à Osnabrück, de passage à Montréal, ou en vacances au soleil, les lettres m'ont accompagnée ; graduellement leur lecture a transformé ma perspective sur la vie.

Energie universelle

Après neuf mois de vie en Allemagne, et un peu plus d'un an après avoir découvert le Yoga de perfection, nous sommes allés à Montréal pour cinq semaines, début septembre. Christoph s'était organisé un voyage professionnel, il avait à cœur de me permettre de retrouver les miens tout en étant avec lui. J'en étais très heureuse.

Ma sœur Marie-Louise habitait une grande maison avec son mari et leurs quatre enfants. Elle m'avait beaucoup encouragée quand j'avais décidé d'habiter en Allemagne. Elle a proposé de nous héberger.

Quand nous sommes arrivés, ma fille Anne-Marie était à l'hôpital. Elle venait de subir une deuxième opération au cerveau, pour tenter de réduire son épilepsie. Quelques jours avant sa sortie de l'hôpital, j'ai assisté à un atelier de deux jours présentés par Ram, l'auteur du cours par correspondance. J'avais très envie de le connaître, de l'entendre. C'était une chance que l'atelier ait lieu juste au moment où j'étais à Montréal.

Le samedi matin, j'ai pris place sur les gradins d'une salle de cours de l'Université, tout en haut. D'abord une femme a parlé de l'efficacité de la prière, elle arrivait d'un long séjour à l'Ashram, je l'ai trouvée inspirante.

Soudain, j'ai ressenti des crampes dans le ventre, je me tordais de douleur. C'était le début de la ménopause sans doute, je n'avais jamais eu ça avant. J'ai essayé de respirer profondément, de gonfler le ventre pour me détendre. Puis j'ai senti le sang couler entre mes jambes, la douleur s'est atténuée. Je suis allée aux toilettes, j'ai lavé mes bas et mes sous-vêtements à l'eau froide, je les ai bien tordus et épongés avec des serviette de papier, et je les ai remis, comptant que la chaleur de mon corps les sécherait.

Je suis retournée dans la salle, un peu étourdie, j'ai trouvé une façon de m'étendre par terre entre les rangées, personne n'a rien dit, on m'a laissée faire. Peu à peu, je me suis sentie mieux, j'ai pu m'asseoir.

Ram est venu sur la scène, un homme grand et fort, les bras ballants, l'air d'un ours maladroit. Il parlait avec simplicité, je retrouvais l'esprit des lettres.

Au repas du midi, je me suis retrouvée à une longue table avec d'autres participantes, que je ne connaissais pas sauf une. J'avais quitté Montréal après quelques mois seulement de fréquentation du Centre, je n'avais pas pu connaître beaucoup de monde.

Elles ont parlé ensemble du Reiki. Elles avaient fait une formation. Je n'avais jamais entendu ce mot-là. Elles m'ont expliqué qu'il s'agissait d'une énergie de guérison que chacun possède et qui passe par les mains. Pour l'activer, il fallait une initiation, justement le Maître qui les avaient initiées participait aussi à l'atelier.

J'ai pensé à ma fille. Si j'avais accès à cette énergie, je pourrais peut-être l'aider. J'ai parlé au maître Reiki, il s'appelait Roger, un homme dans la trentaine. Il donnait l'initiation au cours d'un week-end, le prochain avait lieu deux semaines plus tard. Je ne pouvais pas y assister, je repartais le vendredi suivant. Il a accepté de faire une exception, de me donner l'initiation de façon comprimée en une matinée. Il m'a donné rendez-vous pour le mardi suivant.

Les douleurs que j'avais eues m'avaient-elles rendue plus ouverte ? Je n'étais pas sceptique, j'acceptais cette idée totalement nouvelle. Il me semblait que si j'en entendais parler pour la première fois dans un atelier de Yoga, c'était un signe que notre Maître spirituel me donnait. Le fait que Roger soit un adepte me donnait confiance.

L'atelier a continué. Ram parlait de façon animée, il nous a fait rire aux larmes en racontant comment notre maître l'avait fait jouer dans une mise en scène de légendes indiennes, où il devait incarner un personnage géant en étant monté sur des échasses ; on comprenait que notre maître avait choisi ce moyen pour lui apprendre à surmonter sa timidité et à être plus à l'aise dans son grand corps.

Je suis sortie de l'atelier enchantée des perspectives de réflexion que j'y avais trouvées.

Le mardi, je me suis rendue chez Roger, dans le quartier Mont-Royal. Il habitait au premier étage, une grande pièce claire où il y avait sur des petites tables les portraits des maîtres spirituels du Yoga de perfection, et aussi des maîtres japonais. Il m'a raconté rapidement l'histoire du Reiki. Un moine japonais, le Dr Usui, en avait découvert le secret perdu alors qu'il cherchait à comprendre comment Jésus pouvait guérir en imposant les mains. Roger m'a conseillé de lire des livres pour en savoir davantage.

Il m'a fait asseoir sur un tabouret et mettre mes mains devant ma poitrine. Pour m'initier, il allait faire des signes que je ne devais pas voir, il m'a fait fermer les yeux. Un moment s'est écoulé, j'ai supposé qu'il faisait les signes. Puis il a touché mes mains, a soufflé dessus, et aussi sur mon front.

Après l'initiation, il m'a donné un dessin qui indiquait comment je pouvais mettre mes mains sur moi pour me donner l'énergie, et un autre sur la façon de la donner à quelqu'un d'autre.

Quand je suis sortie, Bernard est venue me chercher : on allait à l'hôpital chercher Anne-Marie et son mari, on les emmenait à l'aéroport. Assise à l'arrière de la voiture, j'ai mis mes mains sur elle autant que j'ai pu, sur son bras, sur sa cuisse, en espérant que ça fasse quelque chose.

Après leur départ, Bernard m'a ramenée chez ma sœur. J'étais fatiguée, je me suis allongée sur le lit et j'ai mis le dessin à côté de moi. J'ai commencé à mettre les mains sur moi, sur la figure, le cou, après quelques minutes, je changeais de position. J'ai ressenti une détente, une sorte de léger engourdissement, presque une somnolence. Quand j'ai eu fini les positions, d'un seul coup je me suis éveillée, l'esprit clair, je ne ressentais plus aucune fatigue. Je n'en revenais pas, je me sentais mieux que si j'avais dormi.

Christoph est arrivé. Je ne lui avais pas parlé du Reiki. Mais après ce que je venais de ressentir, j'ai eu envie de lui raconter. Il a réagi positivement.

- *« J'ai toujours su que tu avais du pouvoir dans les mains. Je t'en prie, pose tes mains sur moi. »*

J'ai été ravie qu'il soit aussi ouvert.

De retour en Allemagne, j'ai continué à me donner l'énergie tous les jours, en faisant la sieste. Chaque fois je me relevais rafraîchie, mes forces renouvelées. J'avais voulu l'initiation pour aider ma fille, c'est moi qui en ai profité.

Une énergie bienfaisante, guérisseuse, qui passe par les mains. Plusieurs n'y croient pas. Moi, j'ai fait confiance à ce que je percevais, au bien-être que je ressentais.

Chanter le divin

Pendant l'atelier de Ram en septembre, on avait chanté des mantra. Cela faisait des mois que je n'avais pas vécu cette expérience, que j'avais connue l'année précédente pendant les Intensives et les Satsangs. Chanter le nom de Dieu, les Maîtres l'ont dit et répété, c'est un des moyens les plus puissants d'ouvrir le cœur, de toucher à la divinité. C'était tellement bon que j'avais ressenti une sorte de nostalgie : je voulais vivre ça plus souvent.

Alors je m'étais promis d'aller au Satsang en Allemagne. Je pouvais très bien méditer seule, je le faisais d'ailleurs tous les jours. Mais chanter, je préférais le faire dans un groupe. J'ai demandé à Christoph de m'y emmener ; le premier novembre, on y est allés.

La salle où avait lieu le Satsang n'était pas très grande, juste assez pour la vingtaine de personnes qui y assistaient. Une femme a souhaité la bienvenue, puis elle a parlé d'un enseignement du maître, elle a lu des extraits d'un livre. J'écoutais attentivement, comprendre tout cela en allemand représentait encore un défi, et le contenu me fascinait.

Devant, les musiciens étaient assis par terre en tailleur. Ulla jouait de l'harmonium, un homme du mridang, un tambour indien de forme oblongue. Quatre personnes assises par terre près d'eux aussi chantaient la phrase que le reste du groupe reprenait. Le chant a commencé lentement, la mélodie était douce, harmonieuse. C'était facile, les mots simples, toujours les mêmes. Je n'avais pas à me demander si je chantais juste : je mêlais ma voix à celle des autres. Ça me donnait le plaisir de chanter, moi qui à l'école m'étais fait expulser de la chorale parce que je chantais faux. Pendant que le petit groupe donnait la phrase je fermais les yeux, je laissais les sons vibrer en moi ; quand c'était à mon tour, je chantais à pleine voix.

D'un seul coup, je me suis mise à bâiller. Je ne pouvais pas y résister, je bâillais à m'en décrocher la mâchoire, les larmes coulaient. Cela a duré de longues minutes, et puis j'ai ressenti une détente profonde.

Les musiciens ont accéléré la cadence graduellement, on a chanté de plus en plus vite, jusqu'à un sommet extatique. Puis le tambour a cessé, on a répété la phrase lentement, à deux reprises, puis on a cessé.

L'animatrice a donné des instructions de méditation : j'ai aimé ça, même si je savais comment méditer, je trouvais inspirant de les entendre.

A la fin de la soirée, on a annoncé qu'il y aurait une Intensive de méditation fin novembre.

De retour à la maison, j'en ai parlé avec Christoph. Ma dernière Intensive remontait à un an auparavant. J'avais envie d'y assister et je pensais que ce serait une bonne idée si Christoph y participait aussi. Je lui avais un peu parlé des Intensives de méditation que j'avais vécues. Je lui ai expliqué qu'il y recevrait l'Initiation, l'éveil de son énergie spirituelle, grâce au pouvoir que possédait notre Maître de susciter cet éveil.

Plus tard, il m'a dit que s'il avait accepté, c'était parce qu'il voyait une transformation en moi. Il me trouvait plus tendre, plus attentive à lui, moins prompte à me fâcher ; il voyait mon intention de lui faire partager ce que j'avais vécu, et il voulait comprendre.

L'Intensive était transmise par satellite à Hambourg, pas très loin de chez ses parents. On est arrivés dès le vendredi, on a repéré les lieux. Cela se déroulait dans une maison ancienne, à toit de chaume, qui servait à des congrès et des expositions.

L'intensive durait deux jours. Notre maître a donné beaucoup de sa présence. Elle nous a parlé, on a chanté et médité avec elle. De temps en temps, je regardais du côté des hommes, je me demandais comment Christoph vivait ça. Il avait l'air content.

Le chant à la fin de l'Intensive s'est terminé de façon extatique. Quand j'ai retrouvé Christoph, il avait envie de danser sur cette musique, il était heureux, presque euphorique. Il m'a dit qu'il se sentait comblé, il avait un sentiment d'unité : son amour pour Dieu, son amour pour moi, le flot de notre attirance physique, la correspondance spirituelle entre nous, tout se trouvait unifié, il n'y avait pas de contradiction.

J'ai été touchée de la justesse et de la profondeur de sa compréhension.

Le lendemain matin, pendant le trajet en voiture vers Osnabrück, il y a eu un bouchon. En temps normal, Christoph se serait énervé, il aurait pesté contre les mauvais chauffeurs, la voirie, la police. Mais nous venions de faire l'Intensive. Je voulais préserver la sérénité qui nous habitait, et Christoph aussi sans doute. Il a tout de suite accepté ma suggestion de chanter le mantra. J'ai commencé, il a repris, parfois nous chantions ensemble, parfois à tour de rôle. Le temps a passé vite, d'un seul coup le bouchon s'est dilué, on a pu continuer la route.

Christoph avait fait l'Intensive, il avait vu notre Maître, entendu ses enseignements. Il avait reçu l'Initiation. Il intégrait cette expérience différemment de moi, pour lui ce chemin spirituel ne remplaçait pas sa foi chrétienne, il s'y ajoutait.

Les semaines qui ont suivi je suis retournée au Satsang, parfois avec Christoph, mais souvent il ne pouvait pas, il avait du travail. Il m'encourageait à y aller, je sentais son appui. Il voyait l'état où j'étais quand je revenais. Je pouvais partager avec lui, désormais il comprenait ce dont je parlais.

Peu à peu, j'ai fait la connaissance des membres du groupe, j'ai eu plaisir à les retrouver. Une fois, j'ai parlé avec le musicien qui jouait du tambour : il m'a raconté qu'il pratiquait tous les jours, que c'était comme une méditation pour lui. J'ai compris pourquoi sa façon de jouer était si envoûtante.

Le chant me ravissait toujours autant, j'étais émerveillée de la variété des mantras et des mélodies. Souvent, je bâillais au début, pendant plusieurs minutes, un soir une des participantes m'a demandé si j'étais triste, elle avait vu mes larmes couler. Je lui expliqué que c'était l'effet du bâillement, non, je n'étais pas triste, au contraire j'étais détendue et heureuse.

Le Satsang est devenu mon rendez-vous hebdomadaire, mon contact avec le plaisir du chant, avec la grâce, mon ressourcement.

La robe de mariée

La date de notre mariage était fixée, les invitations lancées. Le matin, les formalités civiles à la mairie, l'après-midi la cérémonie religieuse à l'église protestante. C'est un ami pasteur et professeur de théologie à l'Université qui devait bénir le mariage. Le soir, nous irions dans un restaurant avec les membres de la famille de Christoph et quelques amis proches.

Pour le mariage civil, j'avais prévu de porter un costume de couleur saumon, avec jupe courte, et un chapeau blanc. Pour l'après-midi, je voulais quelque chose de spécial. Christoph m'a suggéré d'aller dans les magasins avec Ella. « *Elle a du goût, elle peut te conseiller* ». C'était une belle femme, bien en chair sans être grosse, aux cheveux roux flamboyants, que je trouvais très élégante. Elle se tenait très droite et avait une façon de se présenter, de marcher, de mettre son corps en avant, comme si elle disait me voilà, c'est moi. Elle portait des vêtements choisis avec goût, qui avaient du style sans être chers, du noir, du beige. Elle était frappante, elle tranchait sur les autres Allemandes que nous connaissions. Un ami disait d'elle qu'elle était un oiseau de paradis.

Elle avait été la maîtresse de Christoph, cela datait de plusieurs années. Christoph avait vécu une relation passionnée avec elle ; il m'avait dit que cette relation l'avait préparé pour moi. Elle était mariée aussi, son mari était au courant de ses aventures et les acceptait, elle lui disait qu'elle l'aimait et ne voulait pas le quitter. Un jour, Christoph avait décidé de mettre fin à cette aventure et de donner une nouvelle chance à sa relation avec sa femme. Ils étaient restés amis, et quand je suis venue en Allemagne, nous sommes devenues amies aussi.

J'ai pensé qu'avec son aide, je pourrais trouver la robe que je cherchais, sans avoir d'idée précise de ce que je voulais. Je suis allée avec elle dans une boutique de vêtements extravagants et chers. J'ai choisi avec son aide un ensemble en tissu léger, d'un rose très pale, lumineux, qui mettait mon teint en valeur. Le boléro avait des insertions de dentelle et de perles. Je n'avais jamais possédé une robe aussi jolie, aussi frappante. Ella, qui devait être mon témoin, en a choisi une de style analogue, plus discrète, dans un ton gris bleu en harmonie avec ses yeux gris et ses cheveux.

J'ai acheté la robe et l'ai apportée à la maison. Je ne voulais pas la montrer à Christoph, ça devait être une surprise. Un après-midi, je suis rentrée à la maison avec l'idée d'essayer de nouveau la robe, pour voir l'effet avec les sandales fines que je venais d'acheter. J'avais besoin de me rassurer, cette robe était tellement différente de ce que je portais d'habitude. Je l'ai mise et me suis regardée dans le miroir du couloir. Tout à coup, la porte du salon s'est ouverte, Christoph était là. J'étais tellement sûre d'être seule à la maison.

J'étais sidérée, je ne savais pas quoi dire. Il avait l'air perplexe:

-« *Tu as toujours dit que tu ne voulais pas te marier en blanc.* »

C'était vrai, je trouvais qu'une robe blanche avec voile, à mon âge et pour un deuxième mariage, ça ne convenait pas. Je me suis défendue :

- « *Ce n'est pas blanc, c'est rose pâle.* »

— « *Je t'assure, ça fait l'effet du blanc. Il me semble que ce n'est pas approprié pour l'église. C'est une très belle robe, mais ça donne l'impression que tu te maries en blanc.* »

J'était très déçue qu'il voie ça de cette façon. C'était une si belle robe.

Je ne voulais pas y renoncer. Mais je voyais aussi qu'il ne disait pas ça pour m'embêter et que d'autres pourraient avoir la même perception. Christoph a proposé qu'on demande l'opinion de Dieter, le mari d'Ella. On est allés chez eux, j'ai mis la robe. Il a réagi comme Christoph. On en a longuement parlé à quatre autour d'un verre de vin.

Graduellement, j'ai surmonté ma déception et accepté le point de vue de Christoph, qui a suggéré que je mette la robe pour la réception du soir. J'ai décidé de porter à la mairie une robe d'été en coton, d'un rose intense, qui m'allait très bien. A l'église, le costume saumon et le chapeau seraient parfaits. Le compromis que nous avions trouvé me satisfaisait, j'étais contente de m'être ouverte plutôt que de m'entêter. J'avais l'impression d'avoir grandi.

Le jour du mariage, quand la mère de Christoph est arrivée à l'église, elle m'a dit que j'étais ravissante. Je me sentais à l'aise, je n'étais pas habillée de façon extravagante, c'était dans la note. Après le mariage, nous sommes rentrés à la maison prendre l'apéritif avec nos invités, je me suis changée et j'ai mis la robe, qui m'a valu beaucoup de compliments. Je l'ai portée pendant la soirée au restaurant.

J'ai mis de nouveau la robe à Montréal, quand nous avons fêté notre mariage avec la famille et quelques amis. Je l'ai portée encore quelques semaines plus tard quand nous avons donné une grande soirée en Allemagne pour fêter avec une soixantaine d'amis à la fois notre mariage et l'anniversaire de Christoph. Nous avions loué une maison ancienne à la campagne.

Ce jour-là, Dieter m'a dit que j'étais « à croquer ». Je ne connaissais pas cette expression en allemand, il me l'a expliquée avec une certaine complaisance, ne cachant pas que je l'attirais. J'étais un peu embarrassée. Dieter était un bel homme, qui donnait une impression d'harmonie et avait aussi quelque chose d'insaisissable. A la mairie, c'était finalement lui qui avait été mon témoin, Ella avait oublié ses papiers d'identité. Avant d'accepter de la remplacer, il m'avait prise à part et, mi badin mi sérieux, m'avait dit qu'il était conscient de l'importance de ce geste et m'avait demandé si je voulais vraiment épouser Christoph.

Pendant la fête, j'ai fait à Christoph un cadeau que je trouvais princier, presque biblique. Je lui ai offert une présentation de danse du ventre exécutée par une jeune Allemande avec qui j'avais pris des cours. Elle a donné un spectacle ravissant, harmonieux, sensuel mais pas lascif, débordant de vie. Elle ondulait avec tant d'âme qu'elle donnait envie de danser. Après son numéro, Christoph a mis la musique qu'il avait préparée, en partie sud-américaine, et, d'un seul coup presque tous étaient sur la piste, ce qui n'arrivait pas souvent avec des intellectuels qui passaient plutôt leurs soirées à discuter.

Cela avait été une journée d'été superbe, même si on était déjà le 22 septembre. Le soir, après le départ des invités, nous sommes allés marcher dans la campagne, la nuit était douce, la pleine lune nappait le paysage d'une lumière enchantée.

La danse continue

Nous somme mariés depuis plus de vingt ans. Il ne se passe pas de jours sans que nous nous disions quelle chance nous avons eue de nous rencontrer, sans que Christoph ne me déclare son amour. Nous ne nous sommes jamais lassés de nous toucher, nos baisers sont toujours aussi sensuels et profonds.

Nous habitons à Hambourg dans la maison de ses parents, que nous avons rénovée et agrandie. Cette maison modeste a maintenant des portes-fenêtres qui donnent sur un grand jardin, c'est notre paradis.

Nous avons encore des accrochages, que nous surmontons de plus en plus vite. Nous continuons à apprendre à vivre avec nos différences.

Christoph a dû prendre sa retraite de l'Université, mais il est resté actif. Il est très demandé comme conférencier et comme conseiller, il fait partie de groupes de travail avec lesquels il a publié plusieurs livres.

J'ai réalisé mon rêve d'adolescente en découvrant le bonheur de l'écriture. Ecrire me ravit et me stimule. Quand je travaille dans ma pièce et lui dans la sienne de l'autre côté du palier, je suis heureuse et ne souhaite rien d'autre.

En poursuivant mon chemin spirituel, j'ai vécu des expériences diverses que je me propose de raconter dans un prochain ouvrage.